新潮文庫

その姿の消し方

堀江敏幸著

新潮社版

10962

その姿の消し方　目次

その姿の消し方

波打つ格子《こうし》

真新しいメディアテークの、三面ある壁の中央に飾られた古い建物を収める一枚の写真のまえで、私たちは長いあいだ、ひとこともロをきかずに立ちつくしていた。小さな市なのに、ここには中心となる街区が二カ所ある。それぞれに教会があって、一方は市役所前の広場に面しており、そこでは毎週末、立派な朝市が立つ。海岸に通じる県道に近いので交通量も多い。もう一方は旧市街のはずれに位置し、少し離れたところからは突きだした鐘楼で教会だとわかるのだが、近づいてみると、一般の集合住宅のファサードに飲み込まれて目立たなくなる。左右の建物の壁にはあちこちに亀裂《きれつ》が走っていて、入口のまわりだけ白々とした簡易モルタルで補修されているので、稲妻形の落書きでもされたように見えた。商業的にはすたれているとはいえ、小中学校から高校までの教育施設はなぜかこちらの教区に偏《かたよ》っているため、時間帯によってはそれなりのにぎわいがある。いま、私たちの眼前に飾られている写真のなかの古ぼけた小さな家は、この教会の裏手にひろがる小丘のゆるい傾斜地に建っていた。

＊

フランス西南部の内陸寄りにあるM市を私が訪れたのは、留学生の頃に古物市で偶然入手した、一枚の古い絵はがきがきっかけだった。売り手の男性は、そこに写っている建物を指さして、これはそれなりにめずらしいものだね、とさりげなく勧めた。変形のサイロか納屋《なや》のようにも見える奇妙な外観がではない。観光地でもなんでもない町の古い絵はがきには、役所か広場か教会を中心とする絵柄が選ばれるのがつねで、こうした変哲もない建物があしらわれる例はあまりないからだ。艶《つや》なしの墨一色で刷られた写真のなかで、その建物は適度に汚れて時代を感じさせる妻壁をさらしていた。モルタル塗りで庇《ひさし》はほとんどないに等しく、屋根の傾斜もなだらかなので全体としては寸胴《ずんどう》になり、日本製の牛乳パックのようでもある。右上には、一面が三つに仕切られている細長い両開きの窓がうがたれていた。

人が住んでいる気配はなかった。画面手前には、車輪が片側にひとつしか残されていない朽ちた四輪馬車が転がっている。扉もはずれていて、馬車というより荷車同然だ。外壁に農具でも立てかけてあれば用途の限定された小屋かなにかの可能性もあるだろうけれど、それらしい物はどこにも見当たらない。すべての動きが静止していて、空気まで滞っている。好意的に述べたとしても、それは廃屋にしか見えない代物《しろもの》だった。仰角で撮られた屋根のてっぺんに煙突の先がのぞいていなければ、人家だとは想像できなかっただろう。地元の名士の館でも著名な小説の舞台となった家でもないのに、なぜこれが市販される絵はがきに印刷され、通りの名まで記されているのか、店主にもわからないようだった。

古物の世界では、詳細不明がひとつの価値になることもある。ただし、求める者がいての話だ。どんなに稀少《きしょう》でも、それを欲する人間がいなければモノはモノとして成り立たない。幸いにも蒐集家《しゅうしゅうか》と呼ばれる人種はいたるところにいて、もちろん絵はがきの分野にもいた。切手が貼られ、消印の残されたものばかりを狙っている人、未使用品しか買わない人、どちらであっても絵柄が気に入ればそれでよしとする人。そのとき私が必要としていたのはまったくべつの主題だったのだが、奇妙な建物のたたずまいに惹《ひ》かれて、言い値で買った。

ところが家に戻って眺めているうち、私の目はその建物の写真ではなく、裏側の通信欄の、几帳面《きちょうめん》な、しかしすらすらとは判読できない筆記体で書かれた文面のほうに吸い寄せられていったのである。そこには親密な言葉のやりとりではなく、ひどく抽象度の高い言葉の塊が、ぴったり十行に収まる詩篇のような形式で記されていた。差出人はアンドレ・L。住所はない。名宛人《なあてにん》は、北仏の工業都市に住む、ナタリー・ドゥパルドンという名の女性である。消印は一九三八年六月一五日だったから、手に入れた時点でもう半世紀以上の時間が経っていたことになる。原文の行数と字面《じづら》の印象を変えずに訳してみると、以下のようになるだろうか。

引き揚げられた木箱の夢
想は千尋《ちひろ》の底海の底蒼《あお》と
闇《やみ》の交わる蔀《しとみ》。二五〇年

前のきみがきみの瞳《ひとみ》に似
せて吹いた色硝子《いろガラス》の錘《おもり》を
一杯に詰めて。箱は箱で
なく臓器として群青色《ぐんじょういろ》の
血をめぐらせながら、波
打つ格子の裏で影を生ま
ない緑の光を捕らえる口

ここで仮に「蔀」と和風に訳したのは格子窓を意味する単語なのだが、直後の「瞳」と音を揃《そろ》え、字数を整えるためにあえて一語で済ませてみた。それにしても、これはいったいなんなのか？　送る側と送られる側のあいだによほど深い相互理解がなければ、どう反応していいのか苦しむような文面だ。手紙ではなく、やはり一篇の詩、もしくはその断片に近い。深い海の底に沈んでいくような感覚が、ここにはある。水深数千メートルの闇に光は届かず、届かない以上、影も存在しない。意味と音のつらなりは行送りを使っていったん断ち切られ、ふたたび接続される。思いつきで書きなぐったものではない、ひとつひとつの言葉がしっかり計量されている、と私は思った。一連の音のリズムを味わい、しかるのちに色彩を頭にひろげてみる。波打つ格子。その裏側を用いて、影を生まない光を捕らえる……。何度か読み返したのち、私はこの手紙をひそかに「波打つ格子」と題して、小さなノートに筆写した。一九九〇年初頭のことである。

その後も折に触れてはがきを読み返しているうち、アンドレ・Lなる人物のことが、どうしても知りたくなってきた。しかし複数の文学事典をひもといても、該当する詩人や作家は見つからなかった。シュルレアリスム風とも受け取れるその言葉の色を手がかりに、あれこれの詩人の作品を読み直し、変名でこうした言葉を記しうる存在を探り当てようと努力もしてみたのだが、右の「作品」がもっと大きなべつの作品に組み込まれているといった事例にもぶつからなかった。ながい無為の時間を経て、絵はがきの役割は絵の側のみにしぼられ、アンドレ・Lの言葉と、それを受け取ったマドモワゼル・ナタリー・ドゥパルドンの名はとりあえず無視されたまま、長方形の厚紙は机の前の壁に鋲《びょう》で留められることになった。私はそのざらついた白黒写真をながめながら日々を過ごした。

不思議なことに、季節の移り変わりに応じて、紙のなかで身を持しているその建物は、さまざまな表情を見せた。一定の明るさを保ちながらも微妙な濃淡をつけ、こちらの領域に入って来いと私を誘いつづけた。なるほど、そうすれば正体不明の建物の窓から、だれかが不意に顔を出すかもしれない。しかしその写真には、人の影どころか影と呼びうる領域がまるでなかった。撮影された日は曇り空だったのか、あるいは太陽が真上から照っていたのか、あきらかな黒の溜まりがない。波打つ格子を見つめ、絵はがきをひっくり返して文字を追い、筆写した自分の文字と日本語に転換した言葉の群れを追う。そしてまた写真を見る。それを幾度か繰り返しているうち、アンドレ・Lと署名した人物は、この家に住んでいたにちがいないと私は確信するようになった。どこか行きずりの町でわざわざこんな絵はがきを買い、理解しがたい言葉を連ねて女性に送るとは考えにくい。彼はこの町の、この家の住人であり、同様の文面を何通か、心を許した彼女だけに送っていたのではあるまいか。ということは、おなじ絵はがきを探せば、彼が吐き出したべつの言葉に触れることができるかもしれない。

そこまでは、しかし頭のなかで組み立てた妄想であって、実際にとった行動はまことに悠長なものだった。古物市に出くわすたびに絵はがき屋を探し、該当県の箱を漁ってみる。手ぶらで帰らず、店番の人にこういうものがあったら連絡をくれと頼んでおく。それを半年以上重ねたある日のこと、ロワール地方の店から、お望みの品らしき一枚が入荷したので購入を希望するかどうか知らせてほしいとの封書が送られてきた。ありがたいことに、両面のモノクロコピーも入っている。差出人はアンドレ・L、宛名はマドモワゼル・ナタリー・ドゥパルドン。すでに見慣れた筆跡の文字と矩形《くけい》の詩の姿がちらりと目に入る。息が詰まりそうになった。これは悪い冗談ではないか。可能性がないわけではないけれど、まさか現実に起こるとは想像もしていなかったからだ。消印は一九三八年九月。九月の何日かまでは読み取ることができなかったが、絵柄は私の所有する一枚とまったくおなじである。

状態は悪くないです、と電話に応じた店主は、受話器の向こうから遠い声で言った。ずいぶん熱心に捜してらっしゃるようでしたから、とりあえず連絡しようと思いましてね、どうせ売れるはずもないし、在庫処分みたいなものですが。私は礼を述べてから、差出人と受取人のあいだに好意的な感情のつながりがあった場合、通常、後者はまとめて保存しておくものではないかと問うてみた。変な探りを入れていると誤解されないよう、口調には気をつかった。手もとにある一枚は、パリの蚤《のみ》の市に出ていたアルザスの店から買ったものなんです、ところがあなたはロワール地方に店を持っている、本来ひとつになっているはずのものが、こんなふうにばらけることはあるんでしょうか。

ありますよ。即答だった。地方の絵はがきだったら、たがいに弱いところを業者で融通しあうんです、市場に出す前に物々交換することもありますからね、まとまっていたコレクションが、そうやってあちこちに分散するわけです。私はしばらく間を置いて、よろしければ、仕入れ先を教えていただけませんか、とたずねてみた。正直に申せば、ロット買いした箱から出てきたものです、出品者はフランドル一帯につてのある同業者で、オランダの絵はがきも扱ってます。じゃあ受取人の住所からも、それほど離れてはいないわけですね。ええ、北の方にあるという大雑把なくくり方ならば、そういうことになります。

一週間後、少額の郵便小切手と引き替えに絵はがきが送られてきた。モノクロコピーではわからなかった文字は、やはりブルーブラックだった。限られた空間のなかで、あの奇妙な言葉のシンコペーションも健在である。

遠い隣人に差し出す穫《と》れ
たての林檎《りんご》。の芯《しん》に宿る
シードルのコルク栓。固
く身をよじる円筒の縞《しま》に
流れる息、吐く吐かない
吐く息を吸わない吸う息
を吐かないきみの、太古
の風。巨大草食獣の浴び
た風がいまも吹く丘の麓《ふもと》
にいまもなお吹き過ぎる

ここにも「きみ」という語りかけが登場する。もっとながい作品の前後を断ち切って独立させたのか、それとも続きものの一部なのかはわからないのだが、「きみ」

を私は勝手に女性と見なし、ナタリーその人を指すと考えて、両者の関係をあれこれ想像しながらふたたび一語一語丁寧にノートに書き写した。詩人と女性。ナタリー嬢は、アンドレ・Lの文学的な女神だったのだろうか。

それからというもの、私は古物市のスタンドだけでなく専門店にも足を伸ばして、アンドレ・Lの詩と「彼の家」の絵はがきを探し求めた。とある店の主人は、相方の、つまり、ナタリー嬢の返信が出てくる可能性もあるだろうから、送り先の町の絵はがきも当たるべきだと熱心に勧めてくれた。それも一理あった。しかしそもそもふたりの関係なるものはこちらの勝手な空想の産物なのだし、二枚の絵はがきから得られる情報はほんのわずかなものでしかない。

ところが、二枚目のはがきを買ってから一年半後、私はもう一枚、アンドレ・Lの言葉を、今度は露店ではなく、入場料を取る大きな古物市の店で手に入れたのである。二度目の奇跡はもう奇跡ではなくなる。驚きよりも喜びが勝った。一九三八年九月二日と読める消印は二枚目の前後にならべうる日付で、写真の建物は、またしてもあの古びた切妻だった。

黄色は空の分け前、青は
空になく空に青はない青
はでも。黄色の否定、赤
の否定、ではない三原色
の横暴にきみの襟は歯向
かい汚れる。心も爪も。
爪痕《つめあと》を聖痕《せいこん》と見まがうな
風も頬を引き裂く引き裂
かれた頬が壁になるでも
それは。誰の夢でもない

三原色の横暴。三枚の絵はがきが三つの色にわかれて、他のありうべき色に調合される。波打つ格子の家の壁は、その横暴から逃れるかのようにあいかわらずくすんだ空の下で青を奪われていた。絵はがき屋をまわるかたわら、ときどき図書館にも通って彼の町の周辺の歴史を調べたりもしたのだが、アンドレ・Lが現実に作品を発表していた詩人であるかどうかはわからなかった。しかし、そんなことは次第にどうでもよくなっていた。信じられないような迂路《うろ》をたどってやってきた三篇の言葉の群れだけで、彼には詩人と称される資格がある。残りの謎は謎のままに残し、私は数年に及ぶ留学を終えて帰国の途についた。

＊

それから十年以上の時が過ぎて、ふたたびフランスに長期滞在する機会が与えられたとき、私はその三枚の絵はがきをファイルに入れて持って行き、時間の許すかぎりアンドレ・Lのいた地方都市の出物を捜しまわった。しかし、ほぼ一年が過ぎる頃になっても、あの不思議な詩行とは再会できずにいた。パリの中心部で毎年開かれる詩の市場に出かけ、アンドレ・Lのいた地方に近い出版社の社主たちに、こういう名の詩人を知らないかとたずねてみたが、みな首を振るばかりで、手がかりはなにひとつなかった。

帰国が迫ってきた春のはじめ、それまでやや安易にすぎるかと思って避けてきた手段に訴えてみることにした。写真に記されたM市の役所に電話をして、絵はがきの場所がまだ残っているかどうか問い合わせてみたのである。応対してくれた女性担当者は、ええ、ありますよ、通りの名はむかしのままですと落ちついた声で言い、私の説明を聞くやいなや、ではそれをすぐファクスで送ってくださいと思いがけない言葉を発した。いまちょうど市制七十周年の記念事業として、あたらしいメディアテークで市史の展覧会を企画しており、これから関係者の長老たちとの懇親会があるので、回覧して話を聞いてみましょうというのである。教えられた番号に、私は三通のはがきの裏と表、合わせて六枚のコピーを送った。すると翌日、担当者から電話が掛かってきた。長老たちのなかに、写真の家を知っている者がいたというのである。現在はべつの方が住んでいるのだが、たしかにそれは「アンドレ」の家で、老人は彼のことも直接知っていた。姓のLはルーシェ。ただし、第二次世界大戦中、一九四三年に、病気で亡くなっていた。アンドレ・ルーシェは詩人でもなんでもなかった。老人によれば、ひとまわり大きな隣の市の、会計検査官だった。ナタリー・ドゥパルドン嬢の詳細は不明だったが、なにか知りたいことがあれば、アンドレの孫に当たる女性に転送するのであらためて手紙をくださいとまで言われてみると、今度は長年の謎があまりにすんなり解決してしまいそうなことが素直に喜べず、しばらくは逆に暗い気持ちで過ごした。しかしもうこの地で動ける時間はあまり残されていない。これを最後とばかり、私はダニエルという名のその孫に役所気付で質問状を送った。もしあなたが、ほんとうにアンドレ・ルーシェの孫であるなら、手もとの絵はがきをお譲りしたいと書き添えて。もちろん現物のコピーも同封しておいた。

返信の代わりに、彼女は電話をくれた。自分はまちがいなくアンドレ・ルーシェの孫である、でも、自分が生まれる前に祖父は亡くなっていて、遺品と呼べるものは残されておらず、あるとしてもそれを知っているかもしれない母親は施設に入っていて、むかしの話をしても理解してくれるかどうかわからない状態だという。名宛人の女性も、わたしたち家族とは関係のない、祖父の胸のうちだけにあった方ではないかと思います、でもムッシュー、こんなことってあるんでしょうか、ほんとうに、こんな不思議なことってあるんでしょうか。彼女は何度もそう繰り返し、最後に、自分はあの家の隣市に住んでいるので、もしこちらにいらっしゃるようなことがあれば御案内致します、と電話を切った。

＊

メディアテークでいっしょに展覧会を観たあと、彼女は私が十年以上ものあいだ想像のなかで育ててきたアンドレ・ルーシェの家まで連れて行ってくれた。外観はきれいに改修されていたけれど、あの独特の形は変わっていなかった。写真に入っていなかったのは南側で、予想どおり、家の入口もそちらにあった。窓の鎧戸《よろいど》は板張りではなく、格子にベニヤ板を張ったものでした、と彼女は静かに言った。造園に使うラティスみたいなものだったんです、庭師だった友人があまりものの格子をたくさんくれたので、鎧戸がひとつ壊れたとき、祖父が自作して付け替えたと聞きました、雨風でだめになるとベニヤだけ張り替えるんです、そのうちこちらの窓がぜんぶ格子になりました、近隣で鎧戸にそんなものを使っていたのはここだけなので、格子の家って呼ばれていたんです、「波打つ格子」という一節はそれと関係あるのかもしれません。

アンドレ・Lの言葉を載せた絵はがきは、まだどこかに眠っているかもしれない。これまでとおなじく、絵はがき屋の箱からひょいと出てくる可能性もあるし、同人雑誌のような媒体で活字になったまま忘れられていることだってありうるだろう。いつか、それを読んでみたい、会計検査官の書いた不思議な恋愛詩にまた触れてみたい。あなたの祖父のアンドレは、まぎれもない詩人だったと思います。畑地の砂を巻きあげた黄色い空の下で、私はダニエルにそう言った。困惑しながらこちらを見あげた彼女の瞳は、深海に沈められた色硝子のように黒く青い光を放っていた。

欄外の船

辻《つじ》公園の北門の前に位置するガラス張りのカフェで午前十一時に落ち合う約束をしていたのだが、一時間過ぎても男は現れなかった。少し肌寒い。ながい距離を歩いたせいか、ここに来たときは汗をかいていて、体感としてはちょうどいいくらいだったのに、低い陽が翳《かげ》るとたちまち身体《からだ》が冷えはじめた。なにかあたたかいものをとメニューを見ると、めずらしくヴァン・ショがある。説明書きによれば、この店では赤ワインに柑橘類《かんきつるい》の皮とシナモン、それにクローブなどの香辛料を入れて煮立てるらしい。とりたてて好きなわけではないし、酒が飲めるわけでもないのだけれど、若い頃は、とつぜん冷え込んで身体が動かなくなったとき逃げ込んだカフェにこれがあると、シロップを多めに入れてもらって啜《すす》るように味わったものだ。湯気の立つその赤黒い液体は、空っぽに近い胃の腑《ふ》へゆっくり降りていく。食道から胃壁へと伝わる熱の移動が、はっきりとわかる。しだいに身体が火照《ほて》りだしたので、不安になりながらも、いましばらくテラス席で我慢してみることにした。男は電話で、辻公園の北門の前にカフェはひとつしかないから、店の名は知らなくてもまちがえようはないと、低く響きのよい声で言ったのである。

男とは、二月ほど前、投宿先近くで毎週開かれる朝市に乗じた小規模な蚤《のみ》の市で出会った。絵はがき屋の主人と私の会話を耳にしたその男が、たぶんそのルーシェと称する「詩人」だと思われる人物の肖像写真を持っているのだが興味はあるか、と声をかけてきたのである。ダニエルによれば、祖父がいわゆる文学活動をしていたかどうかは、定かではないという。少なくとも、ルーシェの長女にあたる彼女の母親からそのような話を聞いたことがないし、会計検査官という職名の響きのせいで、幼い頃から、どちらかといえば堅物の、働くことしか能がない人を想像していたらしい。ルーシェを知っていると名乗り出てくれた市の長老たちが所有しているのも、切れ切れの思い出だけで、写真を保管している者はひとりもいなかった。ドイツ占領下の時代、レジスタンス活動の末端に位置していた「格子《こうし》の家」の市では、住民たちは身の危険をかわすため、印刷物や写真の多くを自主的に焼き払った。数年前、市制七十年の節目を迎えて開かれた展覧会は、公と私とにかかわらず、かろうじて生き残った貴重な資料を一堂に集めての、記憶再生の試みでもあったのだ。

絵はがきの、写真ではない側のわずかな空間に流麗かつ几帳面《きちょうめん》な文字で綴《つづ》られた奇妙な文面が、正しい意味における「詩」なのかどうかは判然としない。他になにか作品を残していたかどうかさえわからない、世間的にも文学的にも無名の存在であるはずの人間を、いくら横で話を聞いていたとはいえはじめから「詩人」と認識しているふうの男の申し出は、その時点ですでにあやしい気がしていた。親族のもとにも残されていない写真を所有しているとなればさらにいかがわしいではないか。ところが男は、その市場にスタンドを出している古物商の何人かと旧知の間柄で、身元は保証されていた。自分では店を持たず、彼ら同業者や個人客から頼まれた品を発掘してくる、古本屋で言えばセドリにあたる仕事で食べているという。その日の狩り場が絵はがき屋ではなく、隣にあったブリキのおもちゃの専門店のほうだったとはあとで知らされたことだが、ともあれ男は私が口にした地方都市の名にすばやく反応した。彼は絵はがきの市にほど近い村の出身で、ルーシェの郷里は幼少時からなじみのある地名のひとつだったのだ。

私が調べたかぎりにおいて、アンドレ・ルーシェは文学史に名を留めるような人物ではなかった。もしかすると、絵はがきを使って女友だちに想いを伝えようとしていた、ただの冴えない中年男にすぎないかもしれない。そんな人間の肖像写真を第三者が所有しているなんて、とても考えられない。疑念を呈すと、男は平静に、推論なんてものは、たとえ理屈に合っていても真実でないことがあるんだと利《き》いたふうな口をきいて、じゃあ、あなたはアンリ・マルチニーを知っているか、と問い返してきた。一瞬、間が空いた。その名を私は知っていた。アンリ・マルチニーは、一九二〇年代から三〇年代にかけて多くの文学者のポートレイトを残した写真家で、ヴァレリー、コクトー、ジッドといった著名人の肖像写真にはしばしば彼の名がクレジットされている。革装の本を扱う古書店などで、オリジナルプリントが掛かっているのを見かけたこともある。

そのマルチニーが撮った写真で、アンドレ某の肖像とタイトルの入ったものを持っているんだ、と男はつづけた。綴り字はルーシェもしくはローシェと読めたから、お探しの方と同一人物の可能性もありうる。サイズはA4くらいで、それより少し大きめの白い台紙に貼り付けてあり、撮影者の署名はそこに黒インクで記されている。興味深いのは、写真の外枠、つまり欄外に小さな船のスタンプが押されていることで、この方面に詳しい同業者に当たってみると、マルチニーの写真にその手の細工がなされている例は他にないらしい。解決できない部分もあるにせよ、問題のプリントはほかならぬルーシェの郷里に近い旧家から出てきたもので、著名な写真家でも、注文があって金が支払われれば、名もない文学者の、いや一般人の撮影もこなしていたはずだと男は言うのだった。

予想外の話に警戒心を解けないまま、もしほんとうにマルチニーが撮影したのであれば、ルーシェはだれか同時代の文学仲間に紹介されたのかもしれない、と私は夢想しはじめた。もっともそれほどの写真であれば大切にされていただろうし、孫だって一度くらいは目にしたことがあるのではないか。祖父にまつわる品で、いま彼女の手もとにあるのは私が進呈した絵はがきだけなのだ。男の観察によれば、マルチニーのプリントは一九二〇年代のものである可能性が高く、とするなら、ルーシェがまだ定職について間もないごく若い頃の姿になる。それが本人かどうか識別できるのは、彼を知っていたお年寄りたちしかいないのだが、彼らの記憶にどこまで頼ることができるか、年齢が年齢だけにあやういところだ。

ヴァン・ショは、外気にさらされた身体をしずかに燃やしつづけていた。辻公園は先の尖《とが》ったポールが突き出ている鉄柵《てっさく》で囲まれていて、その内周を木々が埋めているため、北門に区切られた部分からしか中をうかがうことができない。わずかな隙《すき》から見える範囲内のベンチに、腰を下ろしている人の姿はなかった。私は鞄からルーシェの絵はがきのコピーを取り出して、ぼんやりした頭で三篇の言葉のブロックを読み返した。そして、男と出会った蚤の市の絵はがき屋が、わずか一カ月ほどのうちに同業者を通じて発掘してくれた、私にとって久しぶりの「新作」と読み比べてみた。一九三八年一二月二二日付、やはりナタリー・ドゥパルドン嬢に宛てられた一枚である。

蕪《かぶ》を食べるたび充血する
君の眼には彼が調合した
葡萄酒《ぶどうしゅ》の点眼薬を。容器

はおおかみの腹の皮で作
られた柔らかい袋に入っ
ていて。一日数回数滴の
点眼で君の瞳は深海魚の
それのように黒々と澄み
渡り水晶体のゆがみもた
だされるだろう、たぶん

きっかり十行でまとめることに、どんな意味が、どんな意図があったのか。ルーシェが固持していたこの形式を崩さないよう字面《じづら》だけ揃《そろ》えて日本語に移したものが右の一篇である。葡萄酒を調合した点眼薬。おおかみの腹の皮でこしらえた袋。先行する詩作品や説話に発想を借りているかもしれないのだが、他の三篇と較《くら》べるとイメージのつながりがやや恣《し》意《い》的な印象も受ける。「彼」とはいったいだれを指すのか。自分が調合したと言わないところに語り手の弱さも見え隠れする。しかし、末尾に放り投げられた「たぶん」の一語は、会計検査官アンドレ・ルーシェの言葉づかいの、いわば厳密な曖昧《あいまい》さをよく示している。句読点なしでしどけなく終わるのは、終わらないのとおなじことだからだ。世界を閉ざさず、宙づりに、開いたままにしておくこと。これが絵はがきに添えた消息でなく一篇の作品だとしたら、「君」は名宛人の女性とかならずしも一致せず、語り手が作中人物に向かって語りかけるときの人称にすぎなくなるだろう。「君」が飲んでいる葡萄酒は、赤なのか白なのか。テーブルに置かれているヴァン・ショは血のように赤黒く、深海魚の目玉を突いたらこんなどろんとした血が出てきそうだ。それを飲み干せば、あるいは点眼すれば、「水晶体のゆがみ」も修正されるのだろうか。

写真を持ってくると言っていた男は、まだ姿を見せない。このままでは、プリントの真贋《しんがん》を見極める手がかりとなるはずの欄外の船にも乗りそこねてしまう。十二時四十五分。公園の上空にはおおかみの腹のような灰色の雲がひろがっている。気圧の谷で一枚の絵はがきが揺れ、酔いのまわりはじめた頭も揺れる。まっすぐに落ちてくる大粒の雨は、いまや葡萄酒からつくられたという点眼薬そのものだ。

履いたままおまえはどこを

　ようやく男が現れたのは、午後一時をまわって、昼食をとりにきた客たちの声で店内が飽和状態になりはじめた頃だった。郊外線から乗り継いだメトロの車両に異常音があって、点検のため他線と連絡のない最寄り駅で乗客はみないったん降ろされてしまった、ひとつの路線が上下線とも動かなくなるのはこの数日で二度目だから、なにか不穏なたくらみでもあるのかもしれない、今日の夜か明日のニュースでまた大きく取りあげられるだろう。握手を求め、早口にそうまくしたてると、男はコートも脱がず、マフラーも取らずに、狭い円テーブルの椅子に腰を下ろした。バスを使ったのがまずかった、専用車線ができてからは渋滞も減ったように思ってたんだが、まさか平日に混みあうとは予想もしなかったよ、パリに来るのは月に一度か二度だし、市の立つ週末は朝早い時間に仲間と合流するからここまでの状態になったことはない。そんなふうに言い訳しながら、ヴァン・ショを飲んですこしふんわりしている私に、昼食は済ませたかとたずねた。いいえこのとおり、身体をあためていただけでなにも口にはしてません。ちょっと大袈裟《おおげさ》な身振りで応《こた》えると、そいつは好都合だ、悪いがわたしは腹が減ってる、お昼にして、食べながらの商談でかまわないかね、と定食のメニューが書かれた黒板を見あげた。正直に言えば、こちらも腹が減っていた。時間どおりに会えたとしても、おなじ流れになっていただろう。ともに上半身をよじるようにしてメニューを選び、私は付け合わせに米と記されていたプーレ・バスケーズを、男はシュークルート・ガルニと赤ワインを頼んだ。

テーブルのうえにたちまち白い紙製のクロスが掛けられる。料理がならび、ワインが注がれれば、汚したりしないよう、本来の目的である写真を見せてもらうのは食後になる。そう思ってまずは世間話からと、頭のなかで当たりさわりのない言葉を組みはじめたとき、男はなんの不安もなさそうな顔で紙袋から深緑色のA3ほどのカルトンを取り出し、ぺたんとしたタリアテッレふうの紐を太い指でするするほどくと、そのまま差し出してよこした。厚紙は乾燥しきっていて、ひどく軽かった。大きさから受ける印象と重さの感覚がどうもつりあわない。カルトンにはいちおう上下があり、左右があった。つまり、左開きであることがはっきりわかるよう、表側に小さな長方形のシールが貼られていたのである。一九二九年六月二一日という年月日が流れるような文字で記されている。ゆっくり開いてみると、まず茶色く変色したパラフィン紙が一枚挟まっていて、その下に、白いマットにはめ込まれた、A4の白黒写真が眠っていた。

頬のややこけた、水分の足りない瓜のような男の顔がそこにあった。二十代後半から三十代くらいだろうか。撮影の照明は右から当てられているようで、左頬、つまり私たちがながめているその顔の右側がやや暗く、頬骨が浮きあがって見える。顔の中央に寄った両眼が頬の面よりかなり奥まったところにあるせいか、二枚の写真を重ね合わせているのではないかと思われるほどの立体感があった。写っているのは妙に愛らしいシャツの丸襟から出ている首像のみで、背景は白である。これがあの、数々の著名人のポートレイトを撮影したアンリ・マルチニーの作品なのか。

黙ったままでいる私の手もとに男は腕を伸ばし、右下に直筆のサインと、市場であなたに話した小さな船のスタンプがあると教えてくれる。言われるまでもなく、私の目はもうその欄外に浮かぶかすれたセピア色の船を追っていた。写真の裏には、マルチニーのアトリエを示すシールがある。署名も船もプリントの白枠に記されていて、インクが乗らずにかすれたり滲《にじ》んだりしているだろうと想像していたのだが、厚紙のマットのうえなら鮮明に残っていて当然だった。

肝心の名前はどう読めるのか。アンドレの部分は、最後の一文字のアクセント記号もふくめて問題なく判読できた。しかし姓のほうは書体がかなり崩れていて、LOUCHETなのかLAUCHETなのか断定できない。私が追っている謎の「詩人」はルーシェである。この筆跡ではローシェという可能性も否定できない。素直にそう言うと、そのとおりだと男は悪びれずに応えた。さっきも言ったように、本物かどうか保証はできない、裏にそれらしいシールがあるだけでね、そういうものは簡単に細工できる、まあ、そこまでして贋作《がんさく》をこしらえなければならないような大家だとも思えないんだが、被写体も謎のままだし、ルーシェかローシェかと問われたら、わたしには後者のようにも読めるね、そして、あなたが欲しいと言えば商売だから喜んで売る、いらないと言えば持ち帰る、それだけの話だ。

給仕が注文の品を持ってきて、傾いたテーブルのうえに湯気のたつ料理を二品とグラスワインを載せ、深皿と深皿のわずかな隙間《すきま》にパンの入ったアルミの籠をかちゃかちゃと押し込む。それとほぼ同時に私はカルトンを閉じ、いったん紙袋に戻してくれと男に頼んだ。ヴァン・ショがまわったのだろう、頬が火照《ほて》りすぎ、いまは外の冷気を当てたいような気分だった。話し声が頭蓋《ずがい》にこもって、しだいに相手の声が聞き取りにくくなってくる。わたしはこの道の専門家でもなんでもない、ただ、あなたが捜していた絵はがきの差出人の住所と郷里が近かったこと、そしてこのポートレイトの出所が、まさしくその、G河上流にある市の旧家だったこと、それを頭のなかで結びつけて、あらたな顧客となるかもしれない人を釣ったというわけだ、口は悪いがわたしには裏も表もない、この品を買うかどうか、署名や補足情報を信じるかどうかは買い手であるあなたの自由だ、もったいぶった商売をしてるわけじゃないんでね、と男は笑みを浮かべた。

それからしばらくのあいだ、私たちは黙々と皿に向かっていた。思ったより空腹だったことに気づいてなぜか情けなくなってくる。鶏肉《とりにく》はナイフを使わなくてもフォークだけで簡単にほぐれた。パプリカとシャンピニョンをいっしょに刺して口に入れると、ほどよい酸味と甘味が溶け合う。バスク地方に行ったことはあるのかね、と不意に男がたずねた。いいえ。なのに、どうしてそんな料理を注文するんだ。バスク料理がどのようなものか知りませんが、これは頭の中で考えても味を想像できるごく基本的な鶏肉のトマト煮込みです、日本でもよくつくって食べますよ、ただ、この長粒米「アンクルベン」だけは手に入らないんです、時々むしょうに食べたくなるんですが。「アンクルベン」はたいした米だ、と男は急に明るい声でアメリカ産の米を褒めたたえた。インドのバスマティ米も好きでよく食べる、ただ、郷里ではカマルグかイタリアの米だな、それをサラダにする。

あなたはドイツ料理がお好きなんですか。答えなどわかっているのに、間を持たせるために今度は私のほうがたずねた。シュークルート・ガルニはもうフランス料理みたいなもんだ、たいていのカフェにある、もっとも自家製じゃなくて業務用の缶詰を開けるだけだろうがね。男はそのシュークルートを、まるで細身のパスタを食べるみたいにフォークの先にからめて、ちょっとずつ口に運んだ。浅黒い肌をワインでさらにどす黒くした顔のつくりや雰囲気にはどうもそぐわない上品な食べ方だった。私はアンクルベンを鶏肉の味の染みたトマトソースで和えて、ひとくち、ふたくち食べた。少しバターがからめてあって、それが口のなかでふわりとひろがる。男はあいかわらず器用にシュークルートをフォークに巻き付け、少しだけ出た先端部にフランクフルトソーセージの破片を突き刺して食べた。ベーコンも塩漬けの豚肉もかならずシュークルートといっしょに口に運び、赤ワインをおかわりした。

写真の出所だという旧家のことを、もう少し教えていただけませんか。タイミングを見計らって、私は言った。男はやや心外だという顔をする。本物かどうかはべつとして、これはうぶだしでね、業者の市で買い取ったんじゃなく、自分で見つけてきたものさ、あなたの詩人が住んでいた市の商工会議所でながいこと指導的な地位にあった人物の遺族の家だ、と迷いなく語り出した。商工会議所というのはなかなか厄介なものでね、業種の異なる、それぞれの領域での親分たちが地域振興の旗印のもとに集まって、表向きは協力し合うあたたかい家族の雰囲気がある一方で、市ごと、支部ごとに張り合ったり、いろんなもめ事がある、あなたの詩人がいたのは内陸に入ったところだから、河川の通運とは関係ないように見えるんだが、じつはそうでもない、あれこれ運び屋のような仕事があって、わたしの祖父も彼らと関わりを持ってたんだ、陸路の運送のまねごとをしていたから。

予想に反して話がながくなりそうだったので、いったんそこで男を制して私は給仕を呼び、空の皿を下げてもらって、エスプレッソを頼んだ。男も便乗した。この寒さのなか、まだテラス席から動かない客がいる。コートを着てマフラーをしたまま、背を丸めてなにかを飲んでいる。カフェによっては透明の厚いビニールカーテンを軒先に下げてガスストーヴを焚《た》くところもあるけれど、ここは大ガラスの外にテーブルと椅子が置かれているだけだ。私はその丸まった灰色の背中にときどき目をやりながら、運ばれてきたエスプレッソを飲んだ。男は、ずっと話しつづけていた。

その旧家の主人は、港湾業務全般と繊維関係の事業にも手を広げていた地元の名士で、当時は相当な資産家として知られていた。戦後も一九六〇年代末までは形を保っていたのだが、同業の大手と合併してから創業者の一族は斜陽に向かったという。マルチニー撮影と思《おぼ》しき写真は、その孫に当たる人物が広壮な館を改築した際の出物だった。つまり彼らがルーシェの名を、あるいはルーシェ自身を知っていた可能性もありうるのだ。なかなか鎮《しず》まらない火照りのなかで私は思いめぐらしていた。この写真がルーシェのものであれば、商工会議所の関係者からなにか資料が得られるかもしれない。遺品の整理をしたとき、書棚にあった本や重みのありそうなファイルなどは専門業者がきれいに片づけていった。男が狙っていたのは懇意にしている客から頼まれていた行李《こうり》だったのだが、そのなかに私が手にしているカルトンがふくまれていたのだという。ほかに眠っていたのは、インクの吸い取り紙や一部だけ使われて放置されてしまった出納帳、函《はこ》入りの鉛筆などの事務用品が主で、あとは数字やグラフの刷られた冊子類と古新聞である。二年も前のことだから細部は記憶にないと男は言ったが、特定の人物が特定の目的のために蒐集《しゅうしゅう》した品でないことは確かなようだった。そこで男がぐいと前に身を乗り出した。じつは、今日、こうしてやって来たのには、もうひとつ理由がある、写真が食指をそそらなかった場合に備えて用意してきた品があってね、おなじ残りものから拾ったんだ、たぶん、そちらのほうがあなたの捜しものに近いはずだから。

男は足下に置いた紙袋から薄い刷りものを取り出し、かすかな笑みを浮かべて、こちらに差し出した。数頁《ページ》ほどの小冊子で、表紙に「C市商工会議所季報・港湾事業部報告別刷　一九三五年」と記されている。ぱらぱらめくってみると、前半はグラフや表が主体で、後半になると文章形式になり、全体で「河川航行Ⅱ」と題された報告書になっていた。Ⅱとあるからには本来Ⅰもあったのだろう。別刷と明記されているのは、季節のちがいによるものだ。

公共事業省河川通行担当委員会より商工会議所に、一九三五年に予定されている河川通行可能路線の停止一覧表が一月一一日官報に掲載されたとの通達があった。本件を受けて、該当する河川運送業者は、同一方向の路線通行停止の重複を避けることが望ましいとの声明を発表した。変更されなければ、C市よりパリに向けての三路線が、七月一五日から二一日にかけての一週間、使用不可となる怖れがある。

こんな業務連絡もどきの文書が詩人探索となんの関係があるのか。怪訝《けげん》に思っていると、最後の方を見てくれと男は先を促した。しっかり紙をとらえた活字がとぎれる最終行までたどって、私は目を疑った。そこにはカルトンのなかの写真のマットにあったものとおなじスタンプが押されていたからである。脇《わき》にはA・Lというイニシャルが記されていた。それだけではない。余白の部分に、あの見なれた文字で組まれた、矩形《くけい》の言葉の群れがあった。

海に向けられた四角い
銃眼の先に浮かぶ船の
荷を降ろす異人たちの
靴底には廃馬から奪い
とった蹄鉄《ていてつ》が。履いた
ままおまえはどこを走
る吐いたままどこに沈
む掃いたままどこに流
す、彼女の胸のうちの
屑《くず》を。輝く光の塵埃《じんあい》を

A・Lは、アンドレ・ルーシェのイニシャルなのか。男はなにも言わず、ドゥミタスの底に沈んだ、塵埃ではなくエスプレッソの浸《し》みた砂糖をアルミのスプーンですくって嘗《な》めている。最初からこれを見せたくて、私に声を掛けたのか。そんなはずはない、と男は手を振った。わたしには裏も表もない、さっきも言ったとおりね、あなたを「釣る」に際して、例の行李とはべつの箱物にあった紙類を念のために漁ったら、こいつに行き当たっただけだ、絵はがきに書かれている「詩」の話を耳にしてなかったら、気にも留めなかっただろう。

アンドレ・ルーシェは会計検査官だった。商工会議所とつながりがあったとしても、なんら不思議ではない。テラス席の客の頭のうえにのぞいている公園の鉄柵《てっさく》が、銃眼のようにその向こうの景色を絞り込む。ゆるんだ脳と火照った頬をもとに戻すべく深呼吸しながら、銃の代わりにずしりと重い竹ぼうきを手にして私は掻き集めようとしていた、ルーシェの言葉を、そして彼がその「詩」を送り続けていた女性の胸のうちにきらきらと輝いていたはずの、美しい塵埃を。

デッキブラシを持つ人

これからどうするのかと訊《き》かれたので、近くの銀行に小切手帳を作りにいく予定だと私は正直に答えた。男はいかがわしい場所で顔を合わせたかのようにこちらをじっと見つめ、お国でもその小切手が使えるのかともっともな質問をする。いえ、何年かに一度この国にやって来たとき役立つ程度ですよ、たとえば、あなたとの取引のようにね、それに通信販売でカード払いを受け付けてくれないような場合に便利なんです。なるほど、だったら今後もやりとりしやすい、と相手は微笑んだ。わたしの仕事仲間はたいていクレジットカードを避ける、手数料もかかるしトラブルも多いからね。そういえば、と私は話を脇《わき》から受けた。むかし、小切手帳の名前に印刷ミスがあって、しばらくその偽の名を正式に用いて暮らしていたことがあるんですよ、苗字も名前も、どちらにも等しく誤りがありまして、みごとな東欧系の名でした。男は「偽の名を正式に用いる」という表現を復唱して、身分証明書の記載とちがうのにどうしてそんなことが可能だったのかとふたたび問うた。指摘されるたびに事情を説明し、どうしても埒《らち》が明かないときはその場で銀行の支店に電話で確認を取ってもらったんです。とても信じられないね、と相手は眼を見開いて、まだアルコールの抜け切っていない息をほうと吐いた。でも、いったいどうやったらあなたの名前が東欧系になるんだとさらに問いを重ね、答えを聞かないうちに、あバスが来た、C線の駅へはこれが便利なんだ、失礼するよ、あたらしい小切手でやりとりのできる日を楽しみにと手を伸ばした。くらげのようなその手を握ったあと、二十年来口座を残したままの銀行の支店に立ち寄って小切手帳の発行を依頼し、帰国までになんとか用意してもらえることを確認すると、今度は学生街まで歩いて、手に入れたばかりの肖像写真とかび臭い小冊子をコピーした。男は行李《こうり》のなかにあったという紙類をおまけにくれたが、そちらはゆっくり中身を確かめて、必要なものだけ写しを取ればいい。メトロで北のはずれにあるホテルに戻り、ひと休みしてから、私は小冊子の余白に残されていた詩篇を手帖にゆっくり書き写し、この写真の主がアンドレ・ルーシェかどうか、周りの方々にも見せて確認してほしいとダニエルに手紙を書いた。

海に向けられた四角い
銃眼の先に浮かぶ船の
荷を降ろす異人たちの
靴底には廃馬から奪い
とった蹄鉄《ていてつ》が。履いた
ままおまえはどこを走
る吐いたままどこに沈
む掃いたままどこに流
す、彼女の胸のうちの
屑《くず》を。輝く光の塵埃《じんあい》を

がたついたテーブルのうえで、十行からなる文言を二度三度読み返す。会計検査官アンドレ・ルーシェは、一九三〇年代の地方都市で、日々どんな書類と向き合っていたのだろうか。公共の印刷物に書き添える言葉としては、じつに奇妙なものである。なにより気になるのは、一字一句訂正がないことだった。完成形の下書きがあってそれを浄書したのだろうか。残念なことに、私には詩と呼ばれるものとまともに向き合う才覚がない。読めば読むほど喚起されるイメージの乱反射にとまどい、眼がくらんで、言葉のひとつひとつを注視できなくなる。たとえば「……船の／荷を降ろす異人たち」という一節に「廃馬」を重ね合わせているうち、C市ではなくそれよりずっと北に位置する港でかつて行われていた黒い貿易の歴史をいやおうなしに連想してしまう。「奪い／とった蹄鉄」や、「走る」「吐く」「沈む」「掃く」「流す」といった動詞が頭のなかで鎖のようにつながり、大量の砂糖といっしょに南の大陸から運ばれてきた人々の姿が明滅して、もっと重要な、十行の船に積まれた荷の精髄を取り逃す。ここに描かれている「彼女」が女性形単数の「海」を受ける代名詞に過ぎないのか、絵はがきに記された他の詩篇に見られるような一方的な愛の対象としての「彼女」なのか、現段階ではそれさえ曖昧《あいまい》である。海の一語も、「C

市商工会議所季報・港湾事業部報告別刷　一九三五年」と題された小冊子のタイトルに引きずられたもので、詩全体はまぎれもない即興ということもありうるのだ。

それから私は、「内海航行における傭船《ようせん》契約の制定」に関する章を丁寧にたどってみた。近隣の大河の河川航行を独占的に差配していたC市商工会議所は、上部機関から検討を依頼されたこの案件について慎重に討議し、趣旨は理解できるものの、契約の義務化は最低限に抑えるべきであり、荷の積み卸しに必要な期間は、中身や地方ごとの条件の相違を考慮して、任意とするのが望ましいと回答している。また、傭船契約を扱う事務所設立の要望については、積載量がきわめて多い地域でまず様子を見て、修正を加えつつ他の地域に広げていくという条件なら基本的に賛成であると簡潔に述べていた。「傭船契約」という日常からはやや遊離した専門用語の響きが、すでに私の想像を歪《ゆが》めようとする。船を借り入れるだけのことなのに、「傭」という訳語をあてた瞬間、人を雇うと書く漢字の構造が言葉の姿を変える。異性への愛の歌ではなく、もっと社会的な内容を扱っているのではないかと連想が走って、詩という傭船そのものを見失ってしまう。

都心部から郊外への移動中、目に入ってきた景色を順番に語る、そういう構造の詩をかつて訳そうとしたことがある。ところがどう読んでも全体のイメージがつかめない。視点がふたつあるのに、語り手はひとりしかいないのだ。ペーパーバックにして二頁ほどのその詩の訳をいつまでたっても完成できず悶々《もんもん》としていたところ、偶然にも作者に会う機会に恵まれ、記憶からすかさずその詩を引っ張り出して指南を仰いだ。すると、驚くべき回答がなされた。そこに描かれていたのは、詩人がむかし勤めていた出版社の倉庫へ注文の入った本を取りにいく道中の光景であり、彼は同僚の運転するバイクに引かれた空っぽの荷車に身を潜め、すき間から外を眺めていたというのである。むき出しの荷台に乗っているところを見つかると罰金を取られるため、蓋《ふた》をとりつけて脱獄囚のように隠れていたのだ。そのうえで詩人はバイクと運転手の存在をぼかし、あたかも箱のなかの眼だけが移動していくかのように言葉をならべていたのだった。むろん、そんな説明はひとこともない。書き手にとって自明だったというだけの話である。自分に詩を読む才覚がないと思わざるをえないのは、そのような真相を読み取れなかったからではなく、詩人の種明かしになびいて、最初の茫漠《ぼうばく》とした印象を素直に手放したことによっている。言葉は、だれかがだれかから借りた空の器のようなもので、荷を積み荷を降ろしてふたたび空になったとき、はじめてひとつの契約が終わる。ほんとうの言葉は、いったん空になった船を見つけて、もう一度借りたときに生まれるのだ。

＊

薄い壁の向こうから、大きな話し声が聞こえる。電話をしているのだろう。ときどき大音量で音楽も流れてくる。数日前から、私はこの隣室の音に悩まされ、昼間の仕事も就寝前の静寂も妨げられて、いらだちを覚えるようになっていた。宿は、アルジェリア人の一族が経営している安ホテルである。不規則な交代の仕方でフロントに立つ男女の顔立ちはみな似ている。小さな雑貨屋を挟んだ左隣の、香辛料の匂《にお》いに満ちたカフェとはフロント横の扉からのびる通路でつながっているのだが、まだそういう仕組みを知らなかった晩のこと、仕事に必要な資料を求めてあちこち走りまわるのに疲れ、無意識にそのカフェに入ると、メニューの半分をクスクスが占めていた。北アフリカの料理を出す店でもあったのだ。試みに仔羊の腿肉を使ったクスクスを頼んでみると、これが途方もなく美味だった。ホテルにもどり、フロントの男性にその感激を伝えると、ほんとか、ほんとにそう思うか、と身を乗り出し、ほんとうです、こんなに美味《おい》しいクスクスは食べたことがありませんという答えを聞くやいなや彼は立ち上がって、背後の従業員専用と思われる扉を開け、おい、日本のムッシューが、おまえらのクスクスは最高だってよ、と叫んだ。そこではじめて、ホテルとカフェが、厨房《ちゅうぼう》を横切る通路によって、あいだの雑貨屋をひとつ飛ばす形でつながっていることを教えられたのだった。このホテルはおじさんが経営してるんだ、働いているのはみな親族でね、カフェもそうさ、客にも知り合いが多いし、長期滞在用の部屋もある、と彼は言う。つまり、わざわざ外に出なくても、ここから厨房を通って客もカフェに行けるということですか。もちろん、宿泊客はみなうちの家族だ、ここを通ればいい、困ったことがあったらなんでも遠慮なく言ってくれ、と彼は私の手を握った。

それからは毎朝、秘密とも秘密でないとも言える通路を抜けてそのカフェで食事をするようになり、四、五日もすると、厨房にいる何人かの顔と名前を覚え、ちょっとした会話も交わすようになった。フロントの男性はエシムという名で、見た目は若いけれど年は私とほぼおなじである。五人兄弟の三番目、家族は全部で三十人だと語った。全員がここにいるわけでなく、一部はまだ国に残っている。俺たちは生まれたときからみな親族と暮らして、ずっとおなじ家に住む、先祖から伝わる広い家にね、大きくなったら一族のために働く、これがむかしからのやり方だとエシムは胸を張った。カフェの経営者と言えばかつてはオーヴェルニュ地方の出身者がほとんどを占めていたのだが、そのあとをアルジェリア人が継いだ。いまでは郊外地区もふくめて、至るところにエシムの同胞たちのカフェがある。なぜって、金を儲《もう》けたオーヴェルニュの子どもたちはもうエリートになって、カフェなんかに興味がないからさ。じゃあ今度はあなた方がエリートになる番ですねと私が言うと、それはない、俺たちの子どもは勉強しないからな、カフェだって難しいくらいさ、だからいま業界に進出してるのは、ポルトガル人だよと笑った。

リュクサンブールのカフェで写真と小冊子を譲ってもらった翌朝、フロントに降りると、大柄な黒人男性が狭いロビーのソファにゆったり腰を下ろして、正面に立っているエシムと大きな声で話をしていた。上下とも真っ白なスーツを着て、曇り空なのにサングラスをしている。長い脚を組み、煙草《たばこ》を吸い、片方の手で膝をさすりながら、寒い、堪えられない、この季節にこれだけ気温が下がるなんてありえない、どうかしていると、不満をぶちまけていた。強い訛《なま》りのあるフランス語だが、よく通るその声を聞いて、すぐに隣の部屋の人物だとわかった。エシムが紹介してくれたので、私も言葉を発せざるをえなくなり、しかたなく、お国はどちらですかと、これ以上ないほど凡庸な質問をした。コンゴだ、と彼は言った。わたしは世界中を旅してきた、寒い国にも行ったし、そこで暮らしもした、でも、もう堪えられない、と両肩を自分の腕で抱きしめた。失礼ですが、お仕事はと振ってみると、外交官、とそこだけ高くしっかりした声で答えた。コンゴ大使館のない国がたくさんある、われわれのほうから頻繁に動いて、様々な任務をこなすことになる。体格からして、なにかスポーツを専門にしているのではないかと想像したのだが、とんだ勘ちがいだった。エシムがすかさず、この人は完璧なロシア語を話すんだ、昨日ロシア人の客が来たときみごとに通訳してくれてねと持ちあげる。コンゴのムッシューは腕をさすりながらまっすぐ前を見て、また大声を出した。

かつてコンゴは赤の国だった、つまり共産主義国家だ、共産圏の国である以上、ロシア語は必須《ひっす》だったから、若い頃ロシアに送られて勉強させられたんだよ、わたしはそこで四年過ごした、あの寒い国で、ずっとロシア語を喋らされて四年もね、ところがどうだ、いまは赤じゃなくなった、語学なんてもうなんの役にも立たない。

それは残念ですねと応じながらも、本物の外交官ならもう少し高級な宿を利用するのではないかといぶかしく思ったが、もちろん口には出さなかった。そしてエシムに、これからイブライムの店に行ってきますと手を挙げた。そのなりでか。ええ。だめだよそれじゃ、コンゴのムッシューは正しい、今日はかなり冷え込んでる。コートを取りに戻るのは面倒だと言うと、エシムはいきなり自分のジャンパーをつかんで投げて寄こした。強いクミンの香りがする。一瞬ためらったが、厚意に甘えることにした。

イブライムの店というのは、ホテルから歩いてすぐの、鉄道の廃線沿いにある乾物屋で、店主は大きく言えばエシムの「家族」のひとりだった。跨線橋《こせんきょう》の見える通りだと聞いて近くまで行くと、すぐにわかった。エシムが電話で事情を話してくれていたので、私はただ老店主に挨拶をし、指で示されたテーブルに腰を下ろしさえすればよかった。彼は細長いカードケースをふたつ運び出して待っていてくれた。絵はがきがぎっしり詰まっている。乾物屋のほかに不要品の売買もしていて、エシムが口を利《き》いてくれたのはこちらの顔のほうだった。店主自身は、絵はがきなどになんの興味も持っていない。だから知識を求められてもなにひとつ答えられないと言われていた。引っ越しで出た不要品や物置きの整理で引き取ったものを適当にまとめているだけで、値付けはすべて均一である。専門店では、地域別、主題別に分類されているのがふつうだが、こうしてばらばらの山を崩していくのも悪くない。ただし、出てくるのは風光明媚《ふうこうめいび》な観光地か、可も不可もないイラストや写真をあしらった未使用品ばかりで、古い時代の、しかも使用済みで文面が判読できるようなものは見つからなかった。

それでも私は、一枚、また一枚と、丁寧にめくっていった。老人はこちらをじっと眺めていた。なにか問題でもあるのかと気にしていたら、唐突に、あなたのその上着はどこで買ったのかと言う。エシムに借りたんです。老人は大仰に手をひろげて、道理で見覚えがあると思った、と笑った。まさかあいつに服を借りる御仁がいるとはね、というか、あんたも相当な変わり者だな。私はそこで手を休め、老人の顔を見て、たしかにそうかもしれませんと答えた。おたがい変わり者にはちがいありませんが、エシムはよく気がつく働き者ですよ、珈琲《コーヒー》を飲むと寝てしまうと言って、よく舟を漕《こ》いでますが、一族みんなおなじ体質だと笑っていました。老人はうなずいて、そのとおりだ、連中はそれがふつうだと思ってる、しかしわたしのような血のつながっていない者からすれば、どうにも奇妙な光景だよ、いっせいにとろんとしてくるんだからな。お茶なら大丈夫だそうです。お茶は必需品さ、ところで外は寒かったろう、この部屋も少し寒い、せっかくだから、お茶を飲んでいくかね。喜んで。老人が席を外しているあいだ、私はまた絵はがきを漁った。往年の映画スターの写真をあしらった比較的古いものを数枚抜き出したところで、お茶の用意が整った。

エシムから聞いているかもしれませんがと断ったうえで、私は途切れ途切れに調べている、詩人とも言えない詩人の話をした。そして小冊子から手帖に書き写しておいた、いちばんあたらしい詩篇を読んで聞かせた。老人は面白がるふうもなく、お茶をずるずる啜《すす》りながら耳を傾けていたが、聞き終えると、あんまり明るい男ではないようだな、と顎《あご》ひげに手を当てた。わたしには学がないからなにもわかりはしない、ただ暗い話だと思うね、船に繋《つな》がれた奴隷《どれい》みたいなイメージだ。「奴隷」の一語に、私の身体がぴくりと反応した。エシムたちがこの国に来た頃を思い出したよ、まだ独立前の話だ、時代を超えておなじような境遇にあるものが与太話のなかで結びつく、いまの、最後の方の文句をもう一度読んでくれないかね、彼女がなんとかというやつを。私は、言われるまま繰り返した。

……履いた
ままおまえはどこを走
る吐いたままどこに沈
む掃いたままどこに流
す、彼女の胸のうちの
屑を。輝く光の塵埃を

それだ、と老人は言った。「彼女の胸のうちの／屑を」、知ってのとおり、この国の名は女性名詞だから「彼女」で受けるんじゃないかね。それは考えませんでした、と私は素直に言った。実際のところ、現実の「彼女」に送られた言葉なのかどうかは判然としないんです、他の絵はがきに記された詩の形とおなじだというだけなんですよ、確かなのは、その十行が書き付けられていた小冊子が一九三〇年代に印刷されたということだけです。老人は巻き煙草を器用に巻いて火をつけ、またお茶を啜り、しばらく間を置いて、なにかを読むと、いちばん嫌なことを思い出す、年を取るっていうのは、そういうことだ、と真顔で言った。エシムの親父は独立戦争に絡《から》むいざこざで死んだ、わたしの大切な友人だったよ。

　結局、シルヴィア・シドニーとジーン・ティアニーの、真ん中が折れた絵はがきを二枚買って私はホテルに戻った。イブライムさんに褒められましたよと礼を言ってエシムに上着を返し、きれいに掃除の済んだ部屋で、帰国までに形を整えておかなければならない書き仕事を少し進めた。そしてベッドに寝転がってラジオでニュースを聞いているうち、いつのまにか眠り込んだ。夢のなかで不思議な音楽が鳴り響いていた。ゆったりした抑揚の歌声と蘆笛《あしぶえ》のような細く枯れた音の束が私を揺らしている。声は天から降ってくることもあれば、地面から湧《わ》きあがってくることもあったが、言葉はひとことも理解できなかった。歌声の向こうになんの景色も見えず、人の影もない。暗い闇ばかりひろがってその闇に身体が浮き、そしてすとんと地に落ちて眼を覚ました。隣の部屋からとんでもない音量の音楽が聞こえていた。現実の音が夢に入り込んでいたのだろう。しばらくは身体に残っている痺《しび》れのなかでぼんやりしていたのだが、意識が次第にはっきりしてくると、あまりの大きさに耐えられなくなり、とうとう内線でフロントを呼んだ。幸い、エシムはまだいた。交代の時間までは間があったのだ。なんとかしてほしいと頼んでみると、それはできない、我慢してくれ、と彼は即座に答えた。予想外の回答に私は反応できず、やむことのない音楽に呑《の》まれて呆然《ぼうぜん》としていると、あれは、祈りの音楽なんだ、とエシムはつづけた。コンゴのムッシューは眼が見えないんだよ、糖尿だかなんだかで失明したばかりなんだ。エシムがなにを言おうとしているのか、私は咄嗟《とっさ》に理解できなかった。あの人がフランスに来たのは仕事のためじゃない、ルルドにお参りをするためさ、奇跡を起こしてくださいってね、ムッシューはやれるだけのことをやろうとしてる、ホテルの予約は明日までだ、なんとか我慢して、眼が見えるようになることを祈ってほしい。なるほど、サングラスはそのせいだったのか。申しわけなかった、と「音楽」に浸りながら答えた。情けない話である。彼が口にした任務という言葉の意味を、政治のほうにばかり合わせていたのだから。ミッションには宗教的な意味もある。コンゴのムッシューは、ひとつの単語が複数の意味を持つ状況に置かれていたのだ。それを知らずに、愚かにも、私は祈りを騒音におとしめていたのである。

大音量の祈りのなかでエシムはつづけた。じつはこれから姪っ子の、誕生日のパーティがあるんだ、隣のカフェでね、貸し切りだから一般のお客さんは入れないけれど……。「家族」ならいいんだ、と私は中断符を補った。そうだ、「家族」として参加してほしい、仔羊の腿肉を使ったクスクスを腹一杯食わせる、もちろん、あとでコンゴのムッシューも呼びに行くつもりだ、近隣に住むジャズメンを招いて姪っ子が歌うことになってるんだよ、歌手を目指してるんだ、まだ十七歳なのにすごい才能の持ち主さ。

断る理由はなかった。私は急いでシャワーを浴びて身だしなみを整え、なにもないよりはと、日本から持って来た予備のボールペンと未使用の小型ノートをプレゼント代わりに封筒に入れて、エシムよりひと足先にいつもの通路からカフェに入った。なじみの人たちが店内のセッティングを終えて、もう音楽家たちを取り囲んでいた。はじめて会うエシムの姪っ子のシャブハは、眼の覚めるようなという紋切り型を使うしかない、じつに美しい少女だった。挨拶をし、おめでとうを言ってプレゼントを手渡すと、搾《しぼ》りたてのオリーヴオイルのように軽く甘やかな、しかもハスキーな声で礼を言った。客席にはもうたくさんの皿が出ている。どのくらいの「家族」が集まるのか、店内はコンゴのムッシューどころではない話し声と音楽に包まれていた。

さあ、あんたも食べてくれ、クスクスはこのトレーに二杯おかわりするのが祝い事のしきたりだ、倒れるまで食べてくれ、と見知らぬ親族がけしかける。耳に残っていた騒音はたちまち主役の歌声と陽気なウォーキング・ベースにかき消された。歌と踊りの輪がひろがり、それが壁にあたっても戻って来ないほどのにぎわいである。盛りあがりも最高頂に達した頃、コンゴのムッシューが若い男性に腕を取られてそろりそろりとカウンターまでやって来た。エシムもいっしょだった。通路に近い席をあけてもらったコンゴのムッシューは、最初から上機嫌で、いかにも楽しそうにペリエを飲んでいたのだが、サックスが入ったところで不意に立ちあがるとサングラスの下で満面の笑みを浮かべ、片手をテーブルに置いて身体を安定させたまま、太い腰を振りはじめた。おお、と周囲から熱い声があがり、入れ替わり立ち替わり奇妙な踊りが生まれて店全体がむうんと唸りだしたとき、厨房でクスクスを仕込んでいた名を知らないおじさんがデッキブラシを持って颯爽《さっそう》と現れ、万雷の拍手のなかそれをエレキギターに見立ててシャブハの横で膝を落とすと、さっきまで佇羊の肉を触っていた指で見えない弦をかき鳴らした。知ってますか、と隣の席の「家族」が身を寄せて私に耳打ちする。エア・ギターですよ、あの人の十八番《おはこ》なんです。コンゴのムッシューには偽の楽器が見えていない。それでも腰は振られ、肩は揺れ、片手の親指と中指が軽快にリズムを刻んで、揺れる巨体にあわせてリノリウムの床が船の甲板のように傾いた。「海に向けられた四角い／銃眼の先に浮かぶ船の／荷を降ろす異人たちの／靴底には廃馬から奪い／とった蹄鉄が」はじけ飛ぶ。コンゴのムッシューにもう暗い表情はなかった。蹄鉄はいまやタップを刻んで、ルルドの奇跡を用意しようとしている。

……履いた
ままおまえはどこを走
る吐いたままどこに沈
む掃いたままどこに流
す、彼女の胸のうちの
屑を。輝く光の塵埃を

光の消えた眼にふたたび塵埃のきらめく日は来るのか。上半身を軽く揺らしながら私はどこを走るのか、吐いたままどこに沈むのか。契約を無視して貸し出された傭船の甲板は、謎の詩人の詩句を積んで、いつまでも明るい祈りの音楽を鳴らしつづけていた。

ふいごに吹き込む息

　壁が揺れている、前後左右に。時に激しく、時に震える木の葉のリズムで。麦の穂が燃えあがり、草原に炎が這い、煙というより粉塵《ふんじん》が舞って、納屋《なや》に立てかけられた梯子や転がされた猫車やドラム缶もまた小刻みに揺れている。ごうごうと唸る炎と炎のあいだに見え隠れしているうっすらと文字の描かれた看板らしきものの傍らで、背広にネクタイ姿の男が両腕をひろげ、空に向かってなにか叫んでいた。一刻も早く火の手を鎮《しず》め、汚れた雪の坂を越えて逃げ出そうとしているかのように。映写機はふたたび煤《すす》けた壁を映し出し、壁は今度も焦点を合わせまいとして揺れはじめる。モノクロの静止画像なのに、火の粉を噴きながら赤い火柱のあがる瞬間が一度ならず私の目をとらえた。その火柱の背後に、細長い鉄の柱がちらちらと光っていた。ESSO と読めるような気がしますね。私は小声で言った。語末のあたりは煙に隠れていたが、全体のバランスからして残りは一文字しか入らない。だとしたらガソリン会社の名前だろうと推測したのである。

そうだ、あれは古いガソリンポンプだ、とヴァデル氏はこちらの回答を大袈裟《おおげさ》に褒めたたえるように目を見開いた。かつて農耕機を使う大きな農家には、こういう個人使用のタンクとポンプがあった。いちいちガソリンポンプのあるところまで出向くのは大変だったから、何軒かまとめて契約することもあったという。使い方は簡単だ、下手にいじって失敗するなんてことはまずない、だが男どもはみな横着だ、くわえ煙草なんぞするから時々こうして馬鹿《ばか》げた火事になる、怖いもの知らずだってところをまわりに見せたがる、若さはくだらないことに力を注ぐものだ、火気厳禁とあるのにわざわざ手元で火をつけたりする。

画面には雪が残っていた。冬である。そう、冬だった、とヴァデル氏がまたうなずく。空気はからからに乾いている、火の手が上がったらあっという間にひろがる、ただ、煙草が原因じゃない火事もあった、農具が悪さをした。こちらが理解していないのを見て取って、氏は補足の説明をしてくれた。干し草を扱うときに使うフォークだよ、下に石が転がってると先が強く当たって火花が散るだろう、それが干し草に燃え移る、だからよけいな石ころは拾って捨てるのが常識だった、仲間たちはかならずそうしてた、なのに、火事になったんだ、母家《おもや》も類焼して家財の半分は消えたよ、あんなふうに失う過程をだれかが写真に残してくれていたとは皮肉なものだね、忌まわしい映像が大切な思い出になったんだから。

壁が揺れているなんて、二次元の写真からわかるはずもない。狭い居間の白壁に投射される連続画像は、しかし動かない壁のみならずフランソワ・ヴァデル氏の記憶の幕を揺さぶるのに十分な力があった。部屋には八十歳を超えるそのヴァデル氏と三歳年下の妻マリアンヌ、アンドレ・ルーシェの孫のダニエル、市の広報渉外担当で市制七十周年の催しの中心人物でもあったアニェスがいた。ヴァデル氏はアンドレの長男ミシェルと同い年で、親しく遊んだ仲だった。私が偶然手に入れた一枚の絵はがきに記されている詩篇のような言葉の主をめぐっての、まことに酔狂な探索の途次に、これもまた奇跡のように現れていくつもの出会いを導いてくれたアニェス——ヴァデル氏も彼女が紹介してくれたのである——と私、そしてダニエルの三人はほぼ同世代で、話が途切れそうになったときよく用いる世事の知識も重なっていたため、あまり構えることなしに言葉を交わすことができた。

ミシェル・ルーシェは、ドイツ占領下の時代に、まだ十代で亡くなっている。結核だった。その頃ヴァデル氏は、家業の酪農を手伝いつつ、臨時の郵便配達夫をこなし、それを隠《かく》れ蓑《みの》にしてレジスタンス運動の末端にかかわっていた。アンドレ・ルーシェは息子と正反対のひどく無口な人物で、言葉を交わさないだけにそのしぐさのひとつひとつが若い日のヴァデル氏に強い印象を与えた。ミシェルの死を報《しら》せるサナトリウムからの通知を、「格子《こうし》の家」と呼ばれていた町はずれの家に届けたのはヴァデル氏だった。あのときのルーシェさんの顔は一生忘れられないとヴァデル氏は言った。背がやたらと高くてやせぎすの、ひょろりとしたセロリみたいな体つきだった、それを、あなたの国の人たちみたいに、ばきっと音を立てるくらいに腰のところで折りまげて、そのまま顔を上げずになにかぶつぶつ呟《つぶや》いてたよ。泣いていたんですか。涙は流していた、たぶん、心のなかでね、とヴァデル氏は否定しなかった。身体を起こしたとき、目に涙はなかった、ただ、あの人の顔がね、ひとまわり以上細くなっていて、あれには驚いた。

口に溜まる唾液《だえき》を飲み込みながらゆっくり話すヴァデル氏の言葉と、目の前の、傷の多いポジを漉《こ》した不鮮明な映像の一枚一枚が重なる。こちらを向いたルーシェの顔には、来るべきものが来たという覚悟を持って報せを迎えたにちがいない落ち着きと、そんな馬鹿な話があるかといういきどおりが複雑に入り混じっていたのではないだろうか。ヴァデル氏によると、ルーシェの顔は彫りが深く、眼窩《がんか》がかなり奥に引っ込んでいるので、光の加減によっては、泣いているみたいに見えたらしい。その指摘にダニエルがうなずいた。たしか母もそう言ってた気がします、とくに考えごとをして少し眉根《まゆね》を寄せたときなんかに、困ったような泣いてるような顔になったって、もしかしたら、そういうときにあなたの好きな詩を考えてたのかもしれない、と彼女はこちらに笑みを向けた。

正確には、詩ではない。ルーシェが遠く離れた町に住むひとりの女性に宛てて、家族のだれも知らない貌《かお》を刻みつけた言葉である。絵はがきのごく限られたスペースに、きっかり十行で収まる言葉のブロック。とりたてて人様に見せるほどでもない自分の家をあしらったモノクロの絵はがき四枚と同様の文言の記された小冊子、手がかりはそれだけである。消印はいずれも一九三八年。現時点ではほかに投函されたはがきがあったのかなかったのかさえわからない。とはいえ、現実にその絵はがきを送った人物の関係者と出会い、言葉を交わして、ともに小さな足跡を探る場を持てたのは、すべての可能性が閉ざされているわけではないとの慰めにもなる。

目の前を流れていくスライドは、ヴァデル氏も提供した市制七十周年展覧会のための資料の一部だった。市の許可を得て、脚の不自由なヴァデル氏のところへそれを持ち込んでくれたのはアニェスである。自動コマ送りのマガジンを使っても、ぜんぶ眺めるには一時間半かかる。写されている場所、撮影者、そして撮影時期がはっきりしているものと、詳細は不明でも市の大きな建物を記録したもののいくつかは図録でも紹介され、大判のパネルに仕立てられて展示もされた。ところが、まさにその展覧会がきっかけになって、会期終了後にあたらしい資料や写真が集まってきたのである。私がふたたびこのM市にやってきた目的は、アンドレの息子のミシェルと親しかったヴァデル氏に会い、ともに映像を見せてもらうことだった。

さっきも話したように、あの人はとにかくひょろりとして、背が高かった、とヴァデル氏は語った。一九〇センチくらいはあったな、家の裏手の、少し高台になっているところに立ってると避雷針みたいだった、なにか大気の危険なものを一身に集めてるようで、独特の雰囲気があったね。それは、宗教的なものでしょうか。私の問いに、ヴァデル氏は首を振った。宗教的というのではないような気がする、ただ、ミシェルがサナトリウムからくれた手紙に、山の上で葉の落ちた細い木々を見ていると、親父を思い出すなんて書いてきたこともあった、絵を添えてね、手紙はしかし、もう残っていない、ぼやけた記憶のなかにしか存在しない、ぜんぶ焼いた、そうするようにとの命令だった、逆らえば身内に危害が及ぶ、だれもがそう考えて、大切なものまで焼いた。まっすぐ前を見ながら言うヴァデル氏の言葉をアニェスが継いだ。あたらしく集まってきた写真は、どれも外の都市に移されていたものなんです、あるいは、そういう事態になる前に、市から出ていった人たちのアルバムのなかに眠っていたものですね、だから情報もさらに少なくて、ここにあるのはほんとうにばらばらな映像だけ、さっきお見せしたのは、市の西のはずれにあったヴァデルさんの家が燃えるところを偶然とらえていた写真ですが、ほかにも、大きな爆発があったという記録が残っています。

出火原因はやはりフォークなのだろうか。さあ、と彼女はヴァデル氏をちらりと見て微笑みながら言った。ガソリンタンクが爆発したのか、ほかに原因があったのか、穀物貯蔵庫は庫内の[illegible]爆弾とおなじになるそうですしね、このあたりのサイロ[illegible]むかしそういう事[illegible]何件もありました、でも、さすがにいまは温度管理もしっかりしてます。

それにしても、火事の現場をこれほど執拗《しつよう》に追っているところをみると、撮影者は、命を受けた報道関係の人間だったのかもしれない。爆発のあとの様子も記録されていた。これは鎮火した直後ではなく、もう少し時間が経ってからあらためて写したものとしか考えられない。黒こげの自転車、胴体がひんまがったアコーディオン、金属の取っ手、テーブルの鉄脚。ひげ面《づら》の男性がひとり、その残骸《ざんがい》のなかから暖炉に使う大きなふいごと反射鉄板を、大洋で釣りあげた獲物のように掲げている。やがて画面は市街地に戻り、市役所前広場に立った朝市の様子や野菜の空箱を山のように積んで運んでいく老人を映し出す。精肉店の前に汚れたエプロン姿でずらりと勢ぞろいした店員たちをはじめ、堅苦しい顔つきの男ばかりがならんだ集合写真がつづく。女性たちの顔が少ないのは時代のせいなのか、この土地柄のせいなのか。ときどき、草原、鐘、河岸、仕立屋、といった脈絡のない単語をそれぞれ短く発しながら、集められるものはすべて集めたというほど雑多な映像を、私たちはひたすら見つめた。しばらくすると、画面はふたたび火事の現場になって、すっかり均《なら》された敷地が現れた。そしてその一角に積まれた石に、あの暖炉用のふいごと鉄板が立てかけられているのが目に入った。

さっきの、ふいごですよね。私が言うと、ダニエルが賛同した。ああいうものは、代々使う、とヴァデル氏が私のほうを見た。大事にするんだ、ふいごがこんなふうに形をとどめたまま残ったのは、火のない暖炉のなかに入れて置いたからだ。すると、それまで黙っていたヴァデル夫人が小声で言った。そのふいごはもう、ありませんよ、あなたは大事になさいませんでした。

みないっせいに笑い声をあげた。夫人は立ちあがっても車椅子に座った夫くらいの背丈しかない少女のように愛らしい女性で、声も細く高く、まだ瑞々しい艶《つや》がある。この人はね、火かき棒を突き差して蛇腹を破ってしまったんです、だからあたしが買い換えたんですよ、と彼女は穏やかに言う。昔からあったもののほうが柔らかくて、女性には扱いやすかったのにね、その写真のふいごは、たぶんランジュヴァン工房で造られていたものだと思うわ、柄の形と胴体についてるマークがおなじだから。ランジュヴァン工房とは、ルーシェの「格子の家」の近くにあった工房だと夫人は教えてくれた。

　そのときだった。頭のなかでなにかが揺れ動いた。私はアニェスに、もう一度、男の人がふいごを持っていた写真に戻していただけませんか、と頼んだ。あらためて眺めると、ふいごの写真は七、八枚あった。そのうち一枚は地面に放り出されたまま撮られたもので、ひょうたん形の腹部が取っ手のほうにふくらみ、腹を向けた魚のようにも、転覆した船のようにも見える。「……吐く吐かない／吐く息を吸わない吸う息／を吐かないいきみの……」というルーシェの「詩句」がよみがえってくる。これだ、と私は思わず声をあげて、ダニエルとヴァデル氏に真偽を確かめてもらったアンドレ・ルーシェの肖像写真に話を振った。アンリ・マルチニーという著名な肖像写真家のサインの入ったプリントで、白い欄外に船のスタンプが押されていた。少なくとも船に見える形がそこにはあった。しかしあれはほんとうに船だったのだろうか。モチーフは船ではなく、ふいごだったのではないだろうか。私は持参していた写真を取りだして、ヴァデル氏の言うとおり、避雷針のような顔をした、いまやルーシェその人とされた人物の下のスタンプをあらためて見つめた。

……巨大草食獣の浴び
た風がいまも吹く丘の麓《ふもと》
にいまもなお吹き過ぎる

写真の白枠に吹いていたのは、あの船と見まがうふいごに、あるいはふいごと見まがう船に送り込まれた、太古の風だったのかもしれない。思いながら、私は目の前で静止しているつぶれたひょうたんのような映像に、見えない息を吹き込もうとしていた。

黄色は空の分け前

引っ越しをするたびに処分したり、そんなつもりはなかったのに誤って捨ててしまった書類が山とあるなかで、アンドレ・ルーシェが残した五つの詩篇のコピーとそれを書き写したノートは、いつも紐綴《ひもと》じの厚い書類ケースに挟まれて私と行動を共にしてきた。絵はがきの消印はいずれも一九三八年。小冊子のほうは内容が三五年の季報もしくは年報のようなものだったから、刊行は翌三六年になるだろうか。片隅に「作品」が書き添えられたのが刊行年に当たるのか他の絵はがきと同年になるのかを確定する手がかりはいまも見つかっていない。とはいえ、右下がりの細い筆跡やほとんど黒に見える煮詰まったようなブルーブラックのインク、なにより刻まれている言葉の震えぐあいから、五篇すべて同一人物の手で書かれたとするのが妥当だろうと私は考えている。もっとも、全部でわずか五十行の文字列に、なぜ学生時代から二十年も引きずられているのか、正直なところいまだに説明できない。

遠い隣人に差し出す穫《と》れ
たての林檎《りんご》。の芯《しん》に宿る
シードルのコルク栓。固
く身をよじる円筒の縞《しま》に
流れる息、吐く吐かない
吐く息を吸わない吸う息
を吐かないきみの、太古
の風。巨大草食獣の浴び
た風がいまも吹く丘の麓《ふもと》
にいまもなお吹き過ぎる

巨大草食獣が生きていた時代の大気の組成が現在のそれと同一なら、彼らが長い首をもたげて吸い込み、苦労して吐き出していた息も地球のどこかで消えずに残り、硬い皮膚をかすめた風はめぐりめぐって現代にも吹いているかもしれない。水と空気は循環する。消えてしまうのは生きものの命と彼らの鳴き声、そして自然界の物音だけである。ワインボトルにわずかな空気が閉じこめられるように、私たちの肺に太古の生きものが吐き出した息の湿り気と二酸化炭素が封印されているとすれば、右の「詩」の語り手が口にする「きみ」の胸にも、未開封の「わたし」の呼気が、まだ誰も吸ったことのない息が眠っているだろう。

アンドレ・ルーシェの絵はがきを受け取ったナタリー・ドゥパルドンなる女性についての調査は、ほとんど進んでいない。宛先《あてさき》の住所がその都市にもう存在していないことは判明しているのだが、ルーシェの関係者に行き当たった偶然の再現を信じて、彼女の周辺で息を吸うところまで到《いた》っていないのは、言葉と向き合うのが先決だと思うからだ。ルーシェの「詩」は、こちらの体調や環境によってくるくるとその相貌《そうぼう》を変える。たとえば「吐く」というごくありきたりな一語が、異なる意味の行為を連想させて私をまどわすことがあった。見えない気体であるはずの息がひとつの固体となって、胸からぐっと孔《あな》を押しひろげながらあがってくることがあるけれど、気道を通るか食道を通るかの相違があるだけで、指し示す行為の方向性にたいして差はない。

それよりも「吐く」の二文字を眺めていて気づいたのは、絵はがきの投函された一九三八年が、まさしく『嘔吐《おうと》』と訳されている小説が世に出た年にあたることだった。第二次世界大戦で紹介が遅れて、邦訳は四七年まで待たなければならなかった。華々しい実存主義の流行のなかで享受《きょうじゅ》されることになったこの小説は、二〇世紀後半の作品のような印象を与えがちだが、実際には三〇年前後からの胚胎《はいたい》期間を経て三七年に完成を見たものである。アンドレ・ルーシェが『嘔吐』を読んでいたと言いたいのではない。ただ、少なくとも実名で書かれた絵はがきの「詩」に凝縮されている、性別不明の――けれど女性だと信じたい――「きみ」に対するどこか報われぬ想いとは別種の、拭いがたい不安と緊張の影のうえには、主人公が架空の港湾都市で浴びていた気鬱《きうつ》の風が吹いているように思われてならないのだ。

ヴァデル氏によれば、一九四〇年前後のルーシェはどこか思い詰めた面持ちで、口数が極端に少なかったという。ナチス・ドイツのポーランド侵攻が三九年九月。

英仏が宣戦布告をして大戦に突入したものの、四〇年五月に独軍がベルギーとオランダの国境を越えるまで仏独両国が交戦することはなかった。戦いであって戦いでない宙づりの状態。これが「奇妙な戦争」と呼ばれていた空白の時期だが、ルーシェにとってその空虚な時間こそ、青年期を覆《おお》う第一次世界大戦以後の生活の裏面に張りついたものだったかもしれない。日常とまったく異なる時空からの帰還に際し、意識の大気圏へのわずかな進入角度のずれも許されない緊張のなかで、説明不可能な吐き気に襲われたこともあったのではないか。若い日の戦争で負った怪我《けが》がなければふたたび召集されていたかもしれないルーシェは、まだかろうじて気配に留まっていた戦乱の前に、会計検査の仕事をどのようにこなし、どのような想いで絵はがきの詩篇を綴《つづ》っていたのだろうか。

黄色は空の分け前、青は
空になく空に青はない青
はでも。黄色の否定、赤
の否定、ではない三原色

の横暴にきみの襟は歯向
かい汚れる。心も爪も。
爪痕《つめあと》を聖痕《せいこん》と見まがうな
風も頬を引き裂く引き裂
かれた頬が壁になるでも
それは。誰の夢でもない

ルーシェは第一次世界大戦で心身ともに痛めつけられた世代である。ダニエルによると、ルーシェの長女にあたる彼女の母親は、海軍の空砲やジビエの季節に響く鉄砲の音を聞いたときの、父親の青ざめた表情をよく覚えていたという。役立ちそうな資料のコピーといっしょに送ってくれた手紙に彼女がそんな証言を書き添えてくれても、「風も頬を引き裂く引き裂／かれた頬が壁になるでも／それは。……」と訳した箇所の風に戦地の爆風と解する読み筋があるなどと、当時の私は考えもしなかった。正否はべつとしてこの読みにしたがうなら、「三原色／の横暴」が敵国ではなく自国の愚かさを暗に難じていると解釈することも不可能ではないし、そうなれば「巨大草食獣」を第一次世界大戦で投入された初期の鈍重な戦車の喩《たと》えと受け取りたくもなる。

五つ目の詩篇を手に入れる前の段階で最も引きつけられていたのは、一九三八年九月二日付の、「黄色は空の分け前」という謎めいた冒頭だった。直後につづく空における青の否定は、おなじ空でも曇り空を好む場合もあるわけだからとやかく言う箇所ではない。好みだけで言葉に色を割り振って平然としている者はまた、「黄色は空の分け前」なんて意味不明だと切り捨てる傲慢《ごうまん》さも自分に許すだろう。それが創作の世界における、いちばん簡便な処世術でもあるからだ。しかしアンドレ・ルーシェという男は、青でも赤でもなく黄色が空の分け前だと記した。その表現に心を奪われたのなら、下手な理由づけはやめて暗記するまで何度も読み返せばいい。

読むという行為は、これはと思った言葉の周囲に領海や領空のような文字を置いて、だれのものでもない空間を自分のものにするための線引きなのかもしれない。詩でも散文でも、この方向で答えを見出《みいだ》そうと読みを重ねているうち、目の前の言葉がすべて、しだいにいわくありげな、解釈につごうのよい顔つきになってくる。言葉が思念を誘い出すのではなく、こちらが言葉に幕を掛けたり外したりしながら錯覚を生み出そうとしているだけなのに、私たちはそれをしばしば高尚な読みと称して納得しようとする。たとえばルーシェの言葉が戦場を連想させるという文脈を創《つく》り出すべく、「爪痕を聖痕と見まがうな」の「痕」を砲撃で受けた傷痕に、頬を吹きすぎるやわらかい草の匂《にお》いの風を血なまぐさい爆風に、三原色の横暴を三色旗の変奏にすり替えようとつとめる。空から分け与えられた黄色は、舞いあがる砂塵《さじん》か新手のガス兵器か、あるいは火《か》焔《えん》放射器の炎に照らされた異界の徴《しるし》だと新説を唱えることさえできるだろう。こうして裏の文脈ができあがる。そういうもっともらしい読み筋を示したとたん、絵はがきの文言をただ飲み込んだ瞬間の驚きと心地よいめまいは消えてしまうのだが、といって「……固／く身をよじる円筒の縞に／流れる息……」のあたりでほんとうに息が詰まりそうになることもまた否定できない。ルーシェの言葉がどれも暗澹《あんたん》としているのは、疑いようのない事実だった。

　吐くの一語に戻れば、吐き気もしくは嘔吐の意味するところについて、小説の書き手は簡単そうで難しい日常語を用いて説明していたはずだ。戦場だけではない。映画館の闇や劇場の薄暗がりに身を潜めて、前方に繰りひろげられる向こう側の世界に入り込み、自分を自分でなくすほどの没入を味わったあと、さまざまなしがらみに満ちた日常世界に舞い戻ってくるたびに、私たちはなんとも言えない安堵《あんど》と不快感を抱く。いや、安堵は一瞬だが、不快感に似たものは、しばらくのあいだ身を去ることなく残留しつづける。どちらに真実があるのかと言えば、もちろん、いま身を置いているこの世界にあるのだが、忘れようとしても忘れることができず、無視しようとしても無視できない現実のなかに、大文字にしたり太字にしたり括弧をつけたりしたくなるような、眼に見えない「存在」が隠れているのだ。生の基盤をなす世界からいったん外に出て、還《かえ》ってきたときに吐き気を感ずるとしたら、それは往復運動のうちにしか生じない現象であり、「存在」に触れ直してようやく飛び散る火花のようなものだということになるのではないか。

ルーシェの写真を手に入れたときに連泊していた安ホテルで、昼のあいだずっとフロントにいたエシムは、仔羊の腿肉の入ったクスクスの味に感動し頬を紅潮させた私をひどく褒めてくれたが、隣のカフェで催された祝いの席でいっしょになったべつの親族のひとりは、祝いごとのしきたりとして、これを最低二杯食べなければならないと迫った。これとはステンレスの楕円形《だえんけい》トレーに山のように盛られたクスクスのことだが、そんなものをぜんぶ平らげたら腹がはち切れるだろう。身振り手振りを交えてありえない量だと説明すると、その人は私の肩を抱いて、「家族の一員」になるつもりならってことだと笑った。私たちの前の即席ステージでは、彼の遠縁にあたるシャブハがみごとな歌声を聞かせていた。あの娘を狙ってるやつらは、物語の主人公みたいに命じられた分量のクスクスを食べきる、表向きはけろっとした顔でね、どうしても苦しい時はさりげなく手洗いに行ってこうするんだ、と人差し指を喉に突っ込むしぐさをした。幸福をつかみとるための、なりふりかまわぬ自主的な嘔吐ならわが国にもありますよ。そう応《こた》えると相手は大きくうなずいて、あたりまえだ、それが男だとこちらの肩を叩いたものだ。その時、私は悟ったのである。息でもクスクスでも、吐くのは自分を苦しめるためではなく、幸せを手にするためだと考えればいい。ルーシェが思念を言葉にして吐き出したのなら、吐いたという行為を肯定すればいいのである。吐いてしまった息も、吐いてしまった言葉も、二度と元に戻すことはできないのだから。

　ルーシェにとって絵はがきの文言は、向こうとこちらのあいだにあって、どちらかへ比重を移すことを目論《もくろ》むものではなかった。生活があり、戦争があり、女性名の名宛人がいて、家族もいる。そのような全体に組み込まれたものとして彼の言葉はある。それでも、読むたびにルーシェの言葉が私のなかに見出すのは、最終的には片恋に似た場所だった。片恋とは対象を特定しない心の吐き出しである。脳裡《のうり》に浮かんだ想いを、彼はただ吐き出していただけなのかもしれない。吐き出したいだけなら、日記や手記に綴って筐底《きょうてい》に収めておけばいいのだが、彼はそれを選ばなかった。読み手を、受け取り手を頼った。読んでくれる相手があったからこそ絵はがきに言葉を綴り、名宛人の住所氏名を記し、切手を貼って投函したのだ。

書くことに神秘の色をあえて塗り込む必要はない。むしろ読む側の神秘を考えるべきだろう。書く側も読む側も、幻惑に浸っているときにはたぶん、自分を、周りを、吸っている空気を、吐いている呼気を成り立たせている存在の存在たる所以《ゆえん》に気がついていない。詩や文学という枠をつくってそこで夢中になるふりをしてから現実に戻り、ふたつの世界を冷静に比較してもあまり意味はないのだ。あらかじめ目標を定め、楽しもうと意気込んだりすれば、体験の質が下がる。言葉は疑似餌《ぎじえ》ではない。それでも私が、ルーシェの生きた時代や彼が見聞きしたかもしれない事柄に関わろうとするのは、自分自身が存在のなんたるかを知らず、真の意味での吐き気を体験できていない証拠なのだろう。想像のなかで、ひとりの、もしかしたら十分に架空かもしれない詩人の顔をつくっていくことに、私はひそかな悦びを感じないではいられない。言葉の拍、ひずみと抵抗、わずかな語数でできた筐体から聞こえてくる特異な擦過音。ルーシェがそういう「詩人」であってほしいと、こちらが望んでいるからこそできあがるホログラフィだろうか。

そうではない。この男は実在の人物なのだ。古道具屋から買い取った肖像写真が彼の若き日の姿であることを私はもう知っている。写真の主がルーシェその人であると、ヴァデル氏は断定してくれた。ヴァデルさんが覚えているのは写真よりはいくらかあとの頃だったそうだけど、母に目元がそっくりなんですと、ダニエルも話していた。地方都市の会計検査官がパリに出て、著名な写真家に撮影を依頼した経緯は判然としない。なにか重要な研修会でもあったのか、あるいはただ視察の名目で上京したのか、いずれにせよそういう機会があったとしても、単独行動でなければアトリエを訪ねる時間的な余裕もなかっただろう。謎はたしかに多い。「奇妙な戦争」の時期、ほんとうに彼は一市民としての静かな生活をまっとうしていたのか。十行の「詩」を見るかぎり心の内側に一定以上の風が吹いていたのは明白だが、風が異物を吹き流したあとの空をどう眺めていたかは想像するしかない。

興味深いことに、ルーシェの絵はがきの一枚に押された消印、すなわち一九三八年九月二日のちょうど一年後から、応召してアルザス地方に送られる途中だった『嘔吐』の作者が、大切な女友だちに手紙を書きはじめている。簡便な絵はがきではなく、雑誌の原稿になりそうなほど長い長い手紙だ。その最初の一通で、彼は《Z11》という略号で示される気象観測班にまわされたことを報告していた。作家であり高校の哲学教師である男の専門分野とはなんの関連もない任務に見えるのだが、さかのぼること十年前、二十代半ばで兵役義務を果たしたときにも彼は気象観測班に配属されていた。仕事は三時間に一回。砲兵隊の弾道風を測定するため気球を飛ばして双眼鏡で追尾し、これから砲弾が飛んでいくであろう予測ルート上の、それぞれの高度で風を測定して地上と上空の偏差を把握することにより、落下点を計算するのだ。

学生の頃、刊行されたばかりの『カストールへの手紙』という分厚い本で、私はこの哲学者の戦時の活動を知った。通しで読んだあとの浮遊感はいまも忘れられない。手紙のなかに占める気象観測任務の報告はほんのわずかで、詳細は記されていなかった。戦場とも言えない戦場で彼は観測用の気球をあげ、それを見失うまいと特徴ある眼で凝視していたわけだが、先の手紙には飛行機雲や夜間観測で夜空を飛ぶ気球のカンテラへの言及が見られる程度で、空の色や雲の形には少しも触れられていない。あんなに空を見あげていたはずなのに、その色やぬくもりや冷たさについては素通りしているのだ。読むべき箇所、読まれるべき節、後年の思想に照らし合わせて無視できない記述が数多くふくまれているにもかかわらず、彼がただ漫然と空を見あげて感じたことを言葉にしてくれない人だと知って、呆然《ぼうぜん》としたのである。

だからどうというわけではない。ルーシェの眼に映っていた色が現実のものとはかぎらないからだ。それでも、女性の名宛人に向けて彼の筆は空の一角を切り取った。自分なりの言葉の気球をあげて、地上に吹き過ぎる太古の風と上空を走る現在の風の偏差を測定していた。少なくともルーシェは、弾道風を身体と想像のうちに感じるだけで数値化せず、打ちあげた言葉の着弾点が予想からはずれて当然という立場で空を見ることができた人だったのではないか。そうでなければ「黄色は空の分け前」などといった表現が出てくるはずはない。ヴァデル氏といっしょに、彼の家が火事で焼け落ちる際の写真をプロジェクターで大映しにしてみなで眺めていた夜、火事そのものより、私は火事を大きくした風の圧力に押されていた。あの市の周辺には地中海沿岸に吹く乾いた風に乗って南の地の砂塵が黄砂さながらに舞うことがあると聞いて、悪しき夢想はさらに拡大した。ルーシェの眼に映じていたのは、その黄色い風の壁だったのではないか。地上に釘付けになったままの見えない気球のうえにひろがる黄色い空だったのではないか。

ある晩、もう友だちのようになっていたエシムに、「黄色は空の分け前」の語句に触れながら、ゴビ砂漠から島国に吹いてくる砂まじりの風の話をした。すると彼は言った。そんなの俺たちの国じゃいくらでもある、ゴビのなんたらは見たことないけれどサハラの熱風は身に染みてるさ、その御仁はきっと、アルジェかどこかを旅して砂嵐に見舞われたんじゃないか。エシムの意見を文学的に覆《くつがえ》す力は私にはなかった。フロントで点《つ》けっぱなしになっているテレビのスポーツ専門チャンネルには、寒い季節にあたたかい砂漠地帯で行われるゴルフトーナメントの一場が流れていた。砂の壺の底に落ちた白い気球をほとんど垂直にそそり立つ壁の向こうに打ちあげようと目論む、巨大草食獣さながらの大柄な選手の赤い背中が、もぞもぞ動いている。ゴルフに興味あるんだ、と私が問う。ないよ、やったこともない、とエシムが応える。あんたはゴルフをやるのか。まさか。そう口にしようとした瞬間、鮮やかな緑と青と赤に染まった画面に黄色い空の分け前がひろがって、すぐさま風に吹かれた。

数えられない言葉

親愛なる友、いかがお過ごしですか。こちらは海からの風がとりわけて冷たい季節になってきました。このところずっと曇り空で、まれに陽が差すと、コートを羽織りマフラーをぐるぐる巻いたおじいさんおばあさんたちが教会前のカフェテラスに繰り出して、おしゃべりもせずぼんやり空を見あげています。

数年前、あなたがM市にやってきて、眠っていた古い記憶の蓋《ふた》に手を触れてからというもの、母が元気だった頃にはさして興味も持たずに聞き流していた昔話のあれこれを、誤って捨ててしまった子ども時代の玩具《おもちゃ》の形や色を思い出そうとするみたいに、遅まきながら慈《いつく》しむようになりました。わたしだけではありません。あの美しい祖父のポートレイトは、市制七十周年の展覧会の折に知り合った長老たちの胸にも、少なからぬ影を落としたようです。といっても暗く陽の当たらない影の意味ではなく、思いも寄らなかった世界がそこから見えてくるのではないかと期待を抱かせるような、闇のなかの映写幕に近いものですけれど。出会いの場を提供してくれた市役所の人たち、とくに展示の責任者だったアニェスとはすっかり親しくなって頻繁に行き来しているので、アンドレ・ルーシェの名があの町に引き起こした波紋のひろがりについては、彼女の人脈を介してこれからも少しずつ追っていくつもりです。

ところで、今日は残念なお知らせをしなければなりません。いつかあなたといっしょに古い写真のポジを白壁に映しながらお話をうかがったヴァデルさんの奥様、マリアンヌさんが亡くなられたのです。風邪をこじらせて肺炎になったのが原因で、入院したその晩のうちに息を引き取ったそうです。まったく突然の出来事でした。春先から体調がすぐれなかったのはむしろヴァデルさんの方で、電話をするとマリアンヌさんが、うちの人が急に衰えてきて心配だと繰り返していました。わたしが最後にお宅に立ち寄ったのは、二週間前のことです。強い風が吹いて、真昼のだれもいない通りが、骨笛みたいにくすんだ音を立てていました。「格子《こうし》の家」もおなじ風に煽《あお》られていたはずです。記憶の扉がかたかたと鳴っている母親の世話に時間を奪われていたとはいえ、なぜもっと会いに行かなかったのか、いまになって悔やんでいます。

マリアンヌさんは、電話口でよくあなたのことを話していました。またこの町を訪ねる機会があったら、わたしどもにも連絡するよう是非伝えてほしいと。彼女自身は祖父と知り合いだったわけではありませんが、御主人が大事なことを思い出すきっかけになるような、当時の出来事を記憶から引き出す役であればまだなんとかこなせるかもしれないし、鈍くなった自分の頭の訓練にもなると言っておられました。あなたの詩人探索は、まだつづいているのでしょうか。その後なにか新しい資料などは見つかりましたでしょうか。

わたしの方では、先日、日曜日の市に出ていた古本の屋台で、以前コピーを送って下さった「C市商工会議所季報」と同年に出ている簿記の教科書を見つけました。祖父は整った綺麗《きれい》な字を書く人だったと母が褒めていたことを思い出します。遺《のこ》された絵はがきの、あのきっちりした正方形の詩篇には、カリグラフィや簿記を連想させるところがありますね。なにかの役に立つかもしれないので、いっしょに売られていたいくつかの紙類とまとめて、とりあえず別便でお送りします。

それから、不謹慎を承知のうえで、あえて申しあげます。奥様のことでヴァデルさんもショックを受け、気力がかなり衰えているようですし、御自身のお歳《とし》を考えると、輪郭のぼやけた祖父の肖像をいくらかでも肉付けするための言葉を引き出せる時間は、もうあまり残されていないような気がしています。大事なことをすぐに忘れてしまうかと思うと、ずっとむかしのことを、細かく細かく話しだして止まらなくなったりしています。もしなにかおたずねになりたいことがありましたら、なるべく早くわたしのほうにお知らせください。

長々と書き連ねてしまいました。あなたと、あなたのご家族の幸せを祈っています。ダニエル。

＊

別便でと記された小包は、右の手紙より一週間ほど遅れて届いた。こういう場合、書状はほぼ例外なく包みに同梱《どうこん》してしまうものだが、私は彼女の手間を厭《いと》わない気質とそれを裏切らない梱包の丁寧さに感じ入った。以前、古いチラシのたぐいを送ってくれたときはエアキャップつきの封筒だったが、今回は丈夫な箱を選んだうえでそれを耐水性のあるマニラ紙で包み、四辺を薄手のガムテープでぴっちりと留め、さらにその上から麻紐を十字に掛けて全体を補強していた。油性のマジックで直《じか》に書かれた住所と宛名の文字の大きさも揃《そろ》っている。紐をほどき、包み紙を剝《は》がすと、内側の箱にもガムテープがすきまなく貼られていた。カッターで慎重に角を切り裂く。中に入っていたのは古書と冊子類である。それが裁縫箱のようなレイアウトで詰め込まれていた。ルーシェの絵はがきの文字列と簿記との関連については考えなくもなかったが、あらためて指摘されてみると両者にはたしかに似たところがある。祖父が几帳面《きちょうめん》な性格だったとするなら、包みを見るかぎり、孫にもそれはまちがいなく遺伝しているだろう。

古書の一冊に、「これが朝市で最初に見つけた本です」という黄色い付箋《ふせん》の貼られているものがあった。『会計士――一般会計のための理論と実践の手引き　第一巻』。刊行は一九三五年で、版元の住所はパリになっている。くたくたした学童用ノートのような装丁で紙質もお粗末だが、第八版を数えているところを見ると、当時はずいぶん売れたのだろう。ほかに一九三六年刊行の『専門会計士資格取得プログラム――筆記および口頭試験練習問題付』『書店・印刷所年鑑』といった書籍類にまじって、なにも記されていない古い芳名帳や縦長の住所録、一九一〇年代の使用済み絵はがきが数枚入っていた。そして小さな紙袋には私の好物のヌガーが三個。亡くなったヴァデル氏の奥様が、あの日、籐《とう》かごにたくさん入れて紅茶と一緒に出してくださった銘柄だ。不鮮明な壁のうえの映像を見つめ、会話にも参加しながら、私はそれを五つも六つも食べて彼女を笑わせたものだった。ダニエルはあの日のことを覚えていたのである。

アンドレ・ルーシェがC市商工会議所となんらかの関係があるかもしれないとの予感はあったとはいえ、こうして会計の実際を説く資料を前にすると、ふだんのこちらの関心事とあまりにもかけ離れた分野だけに、字面《じづら》を見ただけでひどくとまどう。十代の終わりに第一次大戦に応召し、軽度だが傷病兵として復員したあと、ルーシェが具体的にどんな暮らしをしていたのかは不明である。包みの一番上にあった『専門会計士資格取得プログラム』の緒言によれば、フランスで「専門会計士免状」の制度が定められたのは一九二七年。資格を有するにはまず予備試験に合格し、旧法の会計士のもとで五年間実務経験を積み、しかるのちに最終試験を突破しなければならないのだが、この政令発布より前に研修を済ませていることが明白ならば、それを資格に読み替えて最終試験に臨むこともできた。

ルーシェが一九二〇年代に入ってすぐ、どこかの会計事務所に籍を置き、実務経験を積んでいたとすれば、初期の免状を取得できた可能性はある。大戦後の混乱期を経て、二九年の世界恐慌《きょうこう》の影響のもと、監査役の強化が打ち出されるのは三五年のことだ。C市商工会議所の文書にもそのあたりを踏まえた記述がなされていたのだろう。しかしルーシェが有していたはずの「免状」は残されていない。戦時の記憶にしばしば囚われ、夜中にうなされることもあった彼の脳裡《のうり》から忌まわしい過去を呼び覚ますものを取り払うために、その妻、つまりダニエルの祖母は、天井裏にあった私物の大半を処分したのだという。祖母も戦後、娘が結婚した頃に亡くなっている。

読み込まれてくたっとした『手引き』の表紙をめくって、私は冒頭を少しばかりのぞいてみた。借方・貸方、債務者・債権者などの基礎知識、仕訳の実際、貸借対照表や損益計算書の作成法をごく初歩の事項として、いかにも堅苦しい説明文が記載されている。左から右へ、上から下へ、言葉と数字がつねに差異を生み出しながら移動し、貸借対照という、ほんとうは釣り合っていないことをあたかも釣り合っているかのように見せるための、愛想のいい詐術《さじゅつ》のなかに収まっていく。一定の枠と罫線《けいせん》に沿って模範的な筆記体と数字が連ねられ、必然的に生じる空白が、殺風景な表に好もしい変化を与えていた。頁のところどころに黒インクの滲《にじ》みがあり、「練習問題」の項目にはわずかだが書き込みもあった。

だれが、だれから、なにを仕入れ、それを幾らで売って、幾らを借り入れ、どれだけの利益をあげたか。解説には感覚的な表現も、中庸に属する言葉もいっさいない。形容詞は大きいか小さいかの二通りである。文章で記された何十件もの貸し借りを仕訳帳に書き込み、総勘定元帳にまとめなさいという練習問題を、私はヌガーをかじりながら追っていった。例題に用いられる人名がじつに興味深い。ジェルマン、カルレ、ボンタン、ボネ、ペラール、ロラン、ニコラ、ラヴナ、シャビュエル、ボードリー、モワルー、クルトワ、アルシーヌ、ディディエ、シャブリエ、ジャントン、ピトン、ラヴァル、ベルタン、ラフォレ、バチアン、ルー、シャロン、フェラン、ルボン……。ひとつの項目につきかならず一、二名の登場人物が配されている。日本でなら太郎と次郎と三郎くらいで済ませてしまうところを、『手引き』の著者はバルザックを向こうに回して次から次へと貸借人や納入業者を創造し、人物像を少しも描かぬまま、なにをいくらでやりとりしたという情報だけで掌篇の骨格を提示する。隅々まで眺めたわけではないけれど、女性名はきれいに排除されているようだった。貸し借りに女性を巻き込むのは徳にもとると考えたのだとしたら私もおおいに賛同したいところだが、なぜこれほど執拗《しつよう》に例文世界の人物名に拘泥《こうでい》するのかは謎である。

何十人もの人物の行動のあいまに差し挟まれる単語は、専門用語の響きを備えていながら特別な顔をしていない。むしろ見慣れた言葉ばかりである。ただ、見慣れているぶんだけ、それらがいつも親しんでいるのと異なる意味を担っている事実に、硬化した脳がついていかないのだった。小説や文芸評論の一節で描かれているときには気にならない単語が、ここでは軽いめまいを引き起こす。帳簿を見ながら、アンドレ・ルーシェもまた同様の感覚の狂いを、もしくは吐き気を体験することがあっただろうか。vomir（嘔吐《おうと》する）とexpirer（息を吐き出す）の二語を使い分けていた彼の詩篇に、ただ語調をあわせるためだけの理由でどちらにも「吐く」という訳語を当てるのが精一杯だった私の貧しい語感は、日常語と詩語の貸借対照表からはみ出しているかもしれない。文字を書き、言葉を書きつける。それを口にすると少なからず鼻白んでしまうあの《エクリチュール》という一時代を築いた単語は、簿記においては「書くこと」ではなく、つねに複数形で「帳簿」を意味し、《書物》に「大きな」という形容詞を付した《グラン・リーヴル》は、偉大な本ではなくて「総勘定元帳」になる。この道を極める者にとって総勘定元帳は聖書に匹敵するほど重要な位置を占めているはずだから、命名はそれほど的外れではない。しかし、こうした冊子を検分して、いったいなにが見えてくるのか。

私はふたたび先の『プログラム』と記された小冊子を手に取った。ここには一九三六年までに微調整された政令が紹介されたのち、二九年以後の過去問がまとめられている。仮定にもならない仮定としてだが、ルーシェが初期の段階で受験して、これらの文章を読んでいたと考えれば——というか、時期的にはそうでなければならないわけだが——、掲げられた素っ気ない問題文も多少は輝いて見える。興味深いのは、数字だけが突出しそうな会計という場で、問題集の作成者があえて前書きを用意し、以下に紹介する過去問はあくまで参考程度にすべきものだと明言していることだろう。筆記にせよ口頭試験にせよ、たとえばこれを丸暗記したり、出題済みの分野だけに絞って勉強したりすればよいわけではなく、情報に堕さない知識と表現力が求められている。志望者たちにそう釘を刺しているのだ。予備試験は年二回行われ、専門分野にかかわる三時間の論述問題、文章で記された複雑な貸借の過程を読み取って帳簿に書き入れる簿記、そして一時間に及ぶ伝統的な書き取りが課されている。論述と既成の文章の書き取りには相応の国語力が必要とされるから、出題者が専門会計士を目指す受験者たちに対してなにを要求していたかは明白だ。簿記の項目ごとに異なる人物名が出てくるのは、人間喜劇の一角を再現するためではなく、純粋にひとりでも多くの人名に親しみ、転記や綴《つづ》り字のミスを減らそうという配慮なのである。テキストに古典的な文学作品が用いられているのも大きな特徴で、一九三三年にはラ・ブリュイエール『人さまざま』、三四年にはディドロ『百科全書』、三五年にはモンテスキュー『法の精神』の抜粋がある。内容を問い、それについて論じなさいというものではないにしても、得点配分は他の専門分野に比して小さくはない。

収録されたなかでいちばん古い書き取り問題は、一九二九年一一月の回である。

時期が早いせいかまだ文学への直接的な傾きはなく、タイトルはいかにもそれらしい「合理化」となっている。簿記の書体はつねに一定で、美しくなければならない。誤りをなくそうと緊張すればするほど転記には時間がかかる。しかしタイプライターの普及が、その苦行を劇的に変えた。文学の世界でも浄書をタイピストに依頼したり、自分の手で打ち直したりする事例が増えつつあった頃だから、実務への意識的な導入はむしろ自然な流れである。銀行でタイプライターが使われ、女性たちがそれを自在に操るようになったのはつい最近のことだと問題の作成者は言う。年配の会計士たちはこの新奇な代物《しろもの》に否定的で、軽蔑《けいべつ》のまなざしをもって眺めていた。ところがいまや、若い娘たちが機械の力を借りて驚くべき速度で帳簿をつけ、専門家でもないのに周囲をそつなく仕切る者さえ出はじめている。専門知識と経験はなくても、打ちミスさえなければ圧倒的に読みやすい文字を量産できる武器を手にした彼女たちに、旧世代の会計士などかなわなくなる日が来るかもしれない。そんな危惧《きぐ》と合理化の意義が、淡々と記された一文だ。

当初、事務作業において、タイプライターは直筆の手紙の控えをとるために用いられていた。それがやがて紙を二枚重ねにし、あいだにカーボン紙を挟んで直接文章を打ち込む方式になり、写しが同時に作成されるようになった。紛失した場合に備えてコピーを取っておくには、これが最も確実なやり方だったのだ。アンドレ・ルーシェがあの絵はがきの「詩」や、作品と呼びうるべつの言葉を、簿記のような文字ではなくタイプライターで浄書していたとしたら、その控えが今後どこかから見つかる可能性もないわけではない。あるいはまた、名宛人としてだけ記憶されているナタリー・ドゥパルドン嬢がタイピストで、ルーシェは片恋の気配を漂わせた手紙をわざわざ彼女にタイプさせていた、というような妄想も許されるだろうか。いずれにせよ、絵はがきの文面はタイプライターで打たれていなかった。そもそも字間が一定の機械では、前後左右を矩形《くけい》に揃えることはむずかしい。手書き文字は彼にとって、また彼の「詩形」にとって不可欠なものだったのである。

　ダニエルの手紙と饐《す》えた匂《にお》いのする古書を読み返しながら、私はヴァデル氏の家で耳にした脈絡のない逸話のかけらを、ひとつひとつ思い返していた。レジスタンス活動を経て終戦を迎えたあと、徐々に揃えはじめた私物の大半を、ヴァデル氏は例の火事で失っている。その火事が私の生まれる前の話であることも忘れて、あなたがもっと早く現れてくれればいろいろ探し出すこともできたのにと彼は嘆いたものだった。ミシェルには絵心があって、近隣の風景のスケッチを褒めると、水彩で着色してから気前よくプレゼントしてくれたという。その絵もぜんぶ焼失してしまった。ミシェルは町はずれにあった農業用水路と池の周辺がとくにお気に入りで、学校が休みになると、バゲットとサラミのサンドイッチを持ってよくそのあたりを散策し、スケッチをした。ヴァデル氏は、それにしばしば付き合った。ただ草地に寝転がってあいつが絵を描いているところを眺めているか、釣りをしているかのどちらかだったと笑っていたが、一帯の地形と道ならぬ道に慣れていたおかげで、臨時郵便配達夫の仕事や極秘の連絡に土地勘を活《い》かすことができたらしい。スライドの上映には池をとらえた写真はなかったはずだから、おそらく用水路の入口にあった水車小屋の映像を見ながらの話だったのだろう。

そこまで考えて、私は思い出した。引き金になったのは、ダニエルの国際郵便小包に十字に結ばれていた麻紐である。ヴァデル氏の話にも、それが出てきたのだ。隣接する地区の伝達係がやって来ると、目印として水車の水受けの羽根に、白い紐をくくりつけておく約束になっていた。ヴァデル氏はそれを見つけると、日が暮れてから池に通じる道をたどり、雑木林の岩陰に掘った穴に隠してある木箱を引きあげた。かなり深い縦穴で、蓋が開いたりしないよう丈夫な麻紐でしっかり十字に縛ってあった。闇のなかでその中身を取り出し、次の中継地点に届けるのである。

胸を病んでサナトリウムに入っていたミシェルとは手紙のやりとりをしていたし、配達夫として息子から父親宛の書簡を届けたこともあったが、前の戦争で受けた足の怪我《けが》のために徴兵されなかったルーシェは、一九四一、二年の頃にはたいてい家で仕事をしているように見えた。いったいなにを仕訳し、なにを差配していたのか、そもそも必要以上のことを知ってはならないと上の人に命じられていたから、ヴァデル氏も詳しくはたずねなかった。ただ戦後になって、一帯の情報網の内側にいたと言い張る年配の男から、あなたの町に、公文書や身分証明書の偽造を受け持っている人がいたと聞かされたという。それがルーシェなのかどうかはわからない。もしそうだったとするなら、手書き文字を得意とし、簿記試験を通じてさまざまな人名の綴りに慣れていた者として、これ以上の適役はないだろう。いつか古道具屋から買い取ったアンドレ・ルーシェの肖像写真は、パリの写真家のアトリエで撮影されたものだった。なぜ彼が首都の著名な写真家のところへ出かけたのか、これまで判然としなかったのだが、このときの上京が被写体になるためではなく写真のいろはを学ぶためのものだったとしたら、辻褄《つじつま》は合うかも知れない。考えてみれば、あの素気ない「格子の家」の絵はがきも、プロの写真家ではなくルーシェ自身が撮ったとするのが妥当ではあるまいか。現像の技術があれば、絵はがき用はおろか、証明写真を撮って細工をすることも困難ではなかったはずである。

ルーシェの「詩」の声には、かならずしも明るくない響きがある。「吐く吐かない／吐く息を吸わない吸う息／を吐かないきみの」。この一節から、一九三八年に刊行された小説『嘔吐』に通じる可能性を考えてみたこともある。その妄想をさらに押し進めるなら、私が手にした最初の「詩」を、時間的な矛盾が生じるのを恐れず、若きヴァデル氏が夜道をたどって引き揚げた箱と結びつけてみたい。ルーシェはこの詩篇によって、三、四年後に引き受ける危険な仕事を予告していたのではないか。

引き揚げられた木箱の夢
想は千尋《ちひろ》の底海の底蒼《あお》と
闇の交わる蔀《しとみ》。二五〇年

前のきみがきみの瞳に似
せて吹いた色硝子《いろガラス》の錘《おもり》を
一杯に詰めて。箱は箱で
なく臓器として群青色《ぐんじょういろ》の
血をめぐらせながら、波
打つ格子の裏で影を生ま
ない緑の光を捕らえる口

幾度読み返しても難解な言葉である。ほんのわずか読みの角度を変えただけで、全体の表情がくるくる変わってしまう。私はこれまで、「きみ」という呼びかけに感応し、それを異性に対する声と見なしたうえで、「波／打つ格子……」に作者がかつて住んでいた家を重ねあわせていた。断片的な情報を寄せ集め、強引に意味づけする愚をみずからに禁じようとしながらも、こうしてなにか思いつくたびに、立ち現れた「蒼と／闇の交わる蔀」の闇に引き戻される。「引き揚げられた木箱」を、あのときなぜヴァデル氏自身の思い出と通底させることができなかったのだろう。

箱一杯に詰められた色硝子の錘とは、深い闇の底で紫水晶のような光を放つ秘密にほかならず、「影を生ま／ない緑の光を捕らえる口」だとこじつけることもできただろうに。このあたりの話を、もう一度ヴァデル氏の口から聞いてみたいと私は切に思った。書物とヌガーのお礼を述べ、ついでにというのは失礼だが、「格子の家」の再解釈についてダニエルからたずねてもらおうか。もちろんそのまえに、突然過去を掘り返しにやってきた異邦人をあたたかく遇してくださった奥様についての、心からのお悔やみを伝えてもらわなければならない。いや、むしろ直接手紙を書くべきだろう。貸借対照表から漏れ、数字には換算できない不揃いな言葉で綴った細い友愛の光を、封書に詰めて送るべきだろう。たとえそれが影を生まない奇妙な光であったとしても気持ちは通じてくれるはずなのだ、私たちは幻ではないアンドレ・ルーシェという人物のもとに集った、広い意味での「家族の一員」なのだから。

始めなかったことを終えること

明日から自由がなくなるとわかっていたので、少しくらい周辺を歩いておこうと朝のうちに急ぎの書きものを済ませ、ホテルの前の坂をくだってメトロの駅のある広場に出ると、大きな市が開かれていた。ブルターニュ地方の産物を扱っている屋台に、ボールペンで品名と値段を記しただけのシールを、中央に配置するといった気遣いなどかけらもないやり方で貼り付けた大小の透明なビニール袋が、ぽつぽつならんでいる。もう片付けをはじめていたおばさんから、土産になるだろうとローリエの大袋を買ってリュックに入れ、そのますぐ近くの、かつてさんざんお世話になった古書店のある通りまで歩いていった。他のどんな店にも置かれていない現代小説がそこでは著者名のアルファベット順に整理され、背表紙を見るだけでも勉強になったのだが、とくに昂奮《こうふん》したのは古い地下貯蔵庫に積まれていた値付け前の文芸書の山だった。ところがそのなつかしい店の飾り窓に、真赤な文字で大きく閉店セールと書かれた貼り紙が出ていたのである。あわてて中に入ってみると、地下に降りる階段は封鎖され、通りに面した一階の、すかすかに間引かれた棚には、読むというより見せるための豪華なアルバムしか残っていなかった。店番をしていたのは私の記憶にない女性で、受話器に向かって、箱はもうそちらに送ったはずですし、期日までには必ず明け渡せますからと抑揚のない口調で訴えていた。なんだかんだと古い時代のことが思い出されて私はやや感傷的になり、お別れになにか買わねばと天井際《ぎわ》に横差しされた本の背文字を、首の痛みをものともせず解読して時間を潰《つぶ》したのだが、ひとつとしてそそられるものがない。電話はいつまで待っても終わらないので声もかけられず、しかたなく、閉店、まことに残念です、ここで本を買うのが楽しみでした、とメモ帳に走り書きしてそれを渡した。彼女は方眼の紙きれにちらりと目を走らせると、見えない相手の話を聞きながら口の動きだけでありがとうと微笑んでくれたが、それもほんの束《つか》の間《ま》、表情はすぐにまたこわばって、商談が上首尾に運んでいないらしいことをうかがわせた。

前回、五、六年前にパリを訪れたときも仕事がらみだった。一週間の短い滞在だったし、空気に溶け込めないまま切りあげてしまったので、この春、不意に与えられた機会を生かして、やや荷の重い役目に対する心の準備と、折あらばという間合いで追ってきたアンドレ・ルーシェ探索のために、約束の期日よりも早くやってきたのである。しかし、もともとの性格に加えて年齢も関係しているのか、以前にも増してものごとを効率よく済ませられなくなっている自分に気づかされた。なにからなにまで後手にまわってしまうのだ。あるいは後手にまわるなどといった表現を使うところに、もう心の衰えが出ているのかもしれない。ほんとうの後手とは、一手損になるとか周回遅れにされるといったことではなく、計算も推測も度外視した場所で生起するひとつの自然現象であるはずなのに、言葉だけあてがって、なにかを片付けた気になっている。

先の古書店の狭いカウンターには、かつて大柄な中年の男女が潜水艦の機関室みたいによじれた身の合わせ方で陣取って、入荷したばかりの箱をいつも忙《せわ》しなく片付けていた。私が地下から掘り出した雑本を積みあげると女性のほうがそれを一冊ずつ取りあげ、扉に鉛筆で記された値段を確かめて、薄いピンクの紙を綴《と》じたメモパッドのようなものにボールペンで丁寧に記していく。どれだけ買っても、本の中身に対する具体的な説明や質問はなかった。こんなものをどうして買うのか、ほんとうに読むのか、この作家が好きなのかといった、本屋ならばあってもおかしくない問いかけがいっさいないのである。彼女は黙々と帳簿を付け終えると、七桁《けた》くらいしかない計算機を持った男性機関士に向かって数字を読みあげ、総額が正しいかどうか、まるで方程式の検算でもしているかのように、何度も確かめる。背後に客が列をなしていても作業時間は変わらない。結論が出て、郵便局の小切手で支払うと、身分証明書の提示も求めず、こちらが学生に近い身分であることを見抜いていたのか、引き落としの日をさりげなく言い添えてくれたりした。

なじみの店が改装されたり閉じられたりする変化を東京では当たりまえのように受け入れているのに、ここに来るとなぜか過去の一時期を基準にして変わらないことのほうに意味を持たせてしまう。古書店はその筆頭だ。留学生として課された勉学を放り出し、もう一生のうち何度も来られないだろうからとにかく本を買い集めよう、将来どんな仕事につこうとも、かならず時間をつくって一冊ずつ楽しみに読んでいこうと夢見ていた若い日々への安っぽい郷愁がそこにあることを、私は否定しない。ただ、店を閉めるという先の古書店に対しては、またべつの想いもあったのだ。

給費生の資格がなくなってからも、私が留学生としての滞在期間をしばらく延長できたのは、湾岸戦争勃発《ぼっぱつ》による一種の戦争景気のおかげだった。継続的に情報を収集し、ラジオニュースのレジュメをつくって日本に送るアルバイト要員として、放送局の欧州支局に招集されると同時に、現地へ派遣された記者に代わって海外映像の部分的な使用許可願いを作成したり、玉突きの人員配置によって東京からやってきた関係者のにわか通訳をするようになったのもその頃のことだ。給費生には労働許可が下りないので、あとでおとがめのないよう報酬はすべて現金で支給された。ありがたく、またうしろめたくもあるこのときの体験は、ずっとのち、小さな文章に刻まれることになるのだが、例の古書店の地下で私が自制心をなくしたのも、そんなうしろぐらい賃仕事の報酬がきっかけだった。

複雑な連絡網を経て、とある大企業から、持ち出しのできない日本語資料の内容をその場で読み、部分的に仏訳してほしいという奇妙な依頼を受けたのは、街のあちこちに警備員が立ち、張りつめた空気がただよっていた、おなじ時期のことである。依頼主の名を聞かされても、私にはまだことの次第と全貌《ぜんぼう》が見えていなかった。

春先の、朝から少し汗ばむような陽差しと、それを瞬時に吹き払う涼風が入り混じる過ごしやすいある日の午後、閑散とした郊外の駅から殺風景なアスファルトの産業道路沿いの鋪道《ほどう》を二十分ほど歩くと、あまり特徴のない立方体の大きな社屋にたどりついた。求められるまま正門脇《わき》の守衛所で一度、入口に立っている警備員の前で一度身分証明書を提示し、簡単な身体チェックを受けてから屋内に入ると、正面受付の女性に頼んで担当部署の人を呼んでもらった。ほどなく現れたのは、品のよい背広姿の、頰のこけた脂っ気のない中年男性で、連れて行かれた応接室にはもうひとり、正反対の風貌の同僚が待機していた。挨拶を交わし、着席すると、私がなすべき仕事を交互に、しかしなんの威圧感もなく、やわらかな口調で丁寧に説明してくれた。

われわれはあなたの国と大変に友好的な関係を結んでいて、社員も定期的に研修に出かけては言葉の習得に力を入れようとしているところです、ただ、この社屋にいる者たちはまだ読み書きを云々《うんぬん》できるレベルに達しておりません、そこで、お手もとの資料にざっと目を通していただいて、なにが書かれているのか、口頭で概略を説明していただきたいのです、極秘文書ではありませんが、先日送られてきたばかりで、明日の会議のためにどうしても内容を把握しておく必要がありましてね。

差し出された資料の表紙に、私は意表を突かれた。それは島国の原子力発電所から出た使用済み核燃料の再処理法と貯蔵法に関する文書で、その手の解説書がにわかに増えた人的な過酷事故後の今般なら、負の可能性を徹底的に排除した、つまり料理のレシピ以上に失敗がないと思わせる布教的な文書であることなど即座に理解できただろう。しかし、恥ずかしいことに当時の私は、そこに用いられている専門用語を母国語で正しく解説する力も、ましてそれをフランス語に転換する能力も持ち合わせていなかった。仏企業との提携先には、列島各地を統括する電力会社すべてが名を連ねていた。それだけの数の原子力発電所がすでに存在しているという事実を最初の一頁で示されてようやく、私のいる場所が、ノルマンディー地方の、著名なミュージカル映画の舞台にもなっている軍港都市の近くで核燃料の再処理工場を運営する、半官半民の組織の傘下《さんか》に置かれた会社だという事実に思い到《いた》ったのである。

その港から再処理済みの核燃料を積んだ船が日本に向けて出港する際の様子や、危険だとしか言えない船と武装した護衛船の航路が非公開とされていることに対する反対運動の模様を、何度かテレビニュースで見たことがある。たまたまその港町の高校で物理を教えている知人がいたので、それとなく電話で様子をうかがってみたのだが、特殊な輸送船の詳細についてはあまり興味を示してくれなかった。当時はまだ、核のごみの後始末を専門とするこの国の業者が、列島の北の町に建設を予定している再処理場に技術供与と人的協力をしている事実を知る者は少なかっただろう。

あれから二十数年が経って、私はまたおなじ街をふらふら歩きながら、明日から参加することになっているシンポジウムの主題と、あのとき応接室で正確な専門用語を頭からも辞書からも引き出せず、こちらが迂回《うかい》に迂回を重ねて説明した内容を先方が理解し、それに相当するフランス語を教えてくれるという、翻訳でも通訳でもない個人授業の趣を呈することになった、いろいろな意味で苦々しい一日を思い返していた。彼らは私の言葉にうなずき、ときおり顔を見合わせながらメモをとり、そういう順序でそういうことが書かれているのであれば、あなたの訳し方はおそらく正しい方向を向いているはずだとコメントをしてくれた。原子力発電所や原子炉といった単語ならともかく、その外側を覆《おお》っている密閉容器、使用済みの燃料を閉じ込め、放射能が低減するまで沈めておく水槽、沈めた筒を取り出すための重機、再処理場までそれらを運ぶ輸送手段などの特別な語彙《ごい》が、私の日常にはなかったのである。担当者は安全基準や信頼性に関するこちらからの素朴な質問に対しては通り一遍の応《こた》えしか返さず、代わりに私の生活についてあれこれたずねて、うまく話をそらした。フランスが最後の核実験をポリネシアの環礁《かんしょう》で強行するのは、その数年後のことだ。もちろん公の場でそんな思い出話をする必要があったわけではないけれど、未曾有《みぞう》の大事故のあと汚染水の迅速な処理のためにあの企業の責任者が来日したとき、そんなアルバイトの記憶がよみがえって、なんとも言えない気分になった。

話を戻そう。要するに、このアルバイトで得た印象のあまりよくない報酬を、私は先の古本屋でただちに「洗った」のである。ふだんは手を出さない価格のものまで目を引いたタイトルはどんどん抜き取り、二巡三巡して築いた本の山を抱えて狭い階段を往復し、レジのおばさんに預けると、彼女は驚きも呆《あき》れもせず、いつものとおりに合計金額を算出した。ぜんぶで百十二冊。これが一度の購入冊数の最高記録となった。そのとき棚からごっそり抜いたジャン・ケロールの本のいくつかはいまも手もとにある。一九一一年、ボルドーに生まれたケロールは、四二年にゲシュタポに捕らえられてマウトハウゼン収容所に送られ、奇跡的に生還した。「ぼくはこれまで、自分の身体にいつも異物を入れていた」という一行で始まる『異物』の初版の扉に記された詩が、使用済み核燃料再処理場への「引き込み線」という不吉な言葉に反応し、そのとたん処理場と収容所が紙のうえで溶融していくのを、私はやはり呆然《ぼうぜん》と見つめていた。「ならば始めなかったものを、なぜ終えるというのか」という詩句が、空気の悪い地下書架のあいだで、ぐつぐつと沸き立っていた。そんな記憶に浸っているうち、不意に気づいたのである。ルーシェの、たとえば「……吐く吐かない／吐く息を吸わない吸う息／を吐かないいきみの……」は、単なる恋愛詩ではなく、もっと苦しい「息」に、吐くことも吸うこともできない夜の霧に関係しているのではないかと。村のはずれに立ちのぼる煙はそれこそ不吉な塊となり異物となって、記憶に貼りつく。だとすれば、私の「詩人」探索には、これまでとちがう角度からのアプローチが必要になるかもしれない。

閉店の決まった店を出てぼんやりした頭で河岸沿いをぶらつき、屋台の古本屋で「使用済み」の絵はがきを漁っていたら、アルバムから剝《は》がされたらしい家族写真の類《たぐい》が大量に売られていた。無造作に何枚かつまみ上げてみると、うち一枚に一九四四年の日付があった。被写体のややとがった耳や鼻に視線が吸い寄せられるのを感じながら、ポケットの小銭数枚と引き替えにそれらを譲り受けてリュックに入れた。口を開けるとき、市場で買ったローリエの葉が、黴臭《かびくさ》い写真を包み込むように、ぷうんと匂《にお》った。

発火石の味

その白い便箋《びんせん》に書かれていたのは、文字ではなくあきらかな線だった。絡《から》まり、ほぐれ、また絡まって藻《も》の鞠《まり》と化し、場所によっては地震計の記録を思わせる。おまけに、先の平たいグラフィック用のペンでも使ったのだろうか、基本線がとても太い。悪筆を形容するのに、みみずの這ったような文字という、口にするのも恥ずかしい定型表現がある。雨あがりのまだ舗装されていない道の端に植えられた木々の根元や、近所の川べりの石の下、畑の隅や田圃《たんぼ》の畔《あぜ》、空地に横積みされた建築資材のコンクリートブロックの穴のなかで身をくねらせているみみずたちの身体は、毛筆ならともかく、ふだん鉛筆やシャープペンシルで書いている文字を指すにはいくらか幅がありすぎて、自分の語彙《ごい》にはとても採用できない気がしていた。むろんみみずにはたくさんの種類がある。糸みみずあたりならペンの文字にも合致するけれど、外遊びでずっと親しんできたのは、縁日で見かける細長いバルーンみたいにもっちりしたものばかりだったのだ。

親しい日本の友という、これも常套句《じょうとうく》ではじまるヴァデル氏の手紙のうえで這いまわっていたのは、ずっと違和感を抱いてきた文言を完璧に表現する、絶望的に判読しづらい文字の一変種だった。私はその数葉の手紙をコピーし、かろうじて解読できた文を単語に分解してアルファベットの癖と形を把握したあと、自分の文字でひとつずつ余白に書き直し、時間をかけて全体を解きほぐしていった。さみしく揺れる老いの気持ちを束ねた言葉の群れ。親しい日本の友、妻へのお悔やみ、たしかに、ありがたく受け取った、とヴァデル氏は書いていた。あたたかな陽光に恵まれたその日、庭先の小さなテーブルで夫妻は昼食をとり、ひと気のない往来を眺めながらお茶を飲んでいた。すると彼の妻、すなわちマリアンヌさんが、急に寒けがすると言いだした。顔色が悪く呼吸もあらい。ヴァデル氏は彼女をすぐ家のなかに連れ戻し、ベッドに寝かせて熱をはかり、極端に高くないことを確かめたあと、主治医に処方してもらっているアスピリンを飲ませた。ひと晩様子を見て、朝方には平熱に近づいたので、ふたりとも軽い風邪だろうと楽観していた。

ところがその夜からまたマリアンヌさんの具合が悪くなり、夜半に呼吸が苦しいと言いだしたため、ヴァデル氏は救急車を呼んだ。ほどなく到着した救急隊は、病人と区別がつかないほど疲労の色が濃い夫もいっしょに乗せてくれた。そこから先はあっという間だった。最後の数時間はただ手を握っていることしかできなかった。妻は、わたしの古い友人の父であり、あなたが言うところの「詩人」ルーシェのことよりも、遠い国からやってきたあなた自身に興味を持ち、また好意を抱いていた、世の中にはこんなふうに知り合う人もいるのだと感に堪えないような口調で、そしてまた、とても嬉しそうな顔で話していた、あなたが妻にしてくれたことに、感謝の言葉を言わせてほしい。のたうち回るような筆跡とはかけ離れた、深く胸にしみいる内容だった。

私が送ったお悔やみの言葉はもちろん心からのものではあったが、そこにまた、ヴァデル氏によって別様に浮かびあがったアンドレ・ルーシェの、「引き揚げられた木箱の夢／想は千尋《ちひろ》の底海の底蒼《あお》と／闇の交わる蔀《しとみ》……」という一節に登場する立方体が、抵抗活動の連絡用小道具とどうしても重なってしまうのですなどと余計なことを書き添えておいたのが、やはり失礼ではなかったかと悔やまれた。妻の死で気落ちしているのはわかっていたから返答はあまり期待していなかったのだが、ヴァデル氏は正面から応《こた》えるかわりに、その木箱に入っていた地方新聞の切れ端を読んで大いに笑ったことがある、と書いていた。

　通信文には、偽造や罠《わな》を防ぐために特別な印を付した紙が用いられる。古い印刷物の単語を適宜丸で囲み、それらを組み合わせて文を成立させる簡易な形もとられた。筆跡を残さずに済むからである。そのときの紙面は謄写版《とうしゃばん》で、まだインクの臭《にお》いが濃く残っていた。内容を確かめたついでに――じつは禁じられていたのだが――、関係のない記事を走り読みしたところ、占領区域に住む老婦人の、ひと口話みたいな、他愛《たわい》のない、しかし受け取りようによっては緊張を強いられる「証言」が取りあげられていた。老婦人曰《いわ》く、ドイツ兵はまことに規律遵守《じゅんしゅ》が行き届いていて、移動中に尿意を催してもフランス兵のように壁に向かって事を済ませたりしない、するときはかならず生け垣にする、だから臭いがあまり出ないし、変な汚れもつかない。木箱の件で思い出したのは、この逸話だけだとヴァデル氏は読めない文字でつけ加えていた。

ところで、先の「謄写版」の一語を読み解くのに、私はずいぶん時間を取られた。最初が大文字で記されていたので、てっきり人名だと思い込み、前後の解釈に混乱を来《きた》してしまったのだ。落ち着いて辞書に当たると、なんのことはない、謄写版印刷機の開発メーカーの名で、そのまま商品名になっている固有名詞だった。アルコールインクを使う機械で刷られた新聞に、尿素たっぷりの話題が盛られているという落ちには私も思わず笑ってしまったのだが、ヴァデル氏が震える手で書こうとしていた真の返信は、翌週、ダニエルの筆による報告書のかたちで届けられた。氏に乞《こ》われて切手を貼り、ポストに投函したのは、彼女だったのである。長くなりそうだから自分ではもう書けない、残りはあんたがやってくれと、ヴァデル氏はダニエルに言葉をあずけたのだ。

マリアンヌさんの葬儀には、何年かぶりで顔を合わせた親族と知友が参列したのだが、完全に放心状態だった喪主を案じて、特別な集まりもなく散会となり、その後しばらくして、ダニエルが前便で伝えてくれたとおり、元気をなくして引きこもりがちになっているヴァデル氏の様子を見かねた古い友人のモニエ氏が、日本風に言えばささやかな追善の宴《うたげ》を自宅で催してくれた。モニエ氏の娘がマリアンヌさんの知り合いで、その頃やはり家に閉じこもっていた自分の父親のことも気遣って企画した夕べだった。モニエ氏もまた、数年前に妻を亡くしていた。おいしいものを食べ、酒を飲み、故人の思い出を自由に語り合ううち心がほぐれて、興味深い思い出話がつぎつぎに飛び出してきた。モニエ氏もおなじ中学だったのである。そういうことはよくあると思うのですが、とダニエルは書いていた。友人の友人だからといって、かならずしも馬が合うわけではありません、モニエさんとヴァデルさんが顔を合わせるときは、いつもあいだにミシェルがいて、ミシェルが亡くなったあとは疎遠《そえん》になってしまったのだそうです、娘さんとマリアンヌさんに心のつながりがなかったら、おふたりの再会もなかったでしょう。

指圧師が身体中のツボを押して痛みの度を確かめ、それがどこに由来するのかを探るように、固有名詞や個人名をひとつずつ挙げながら、ふたりはたがいの過ごした時間の痕跡《こんせき》を慎重にたどり、途方に暮れ、それからまた響きあったところで手を止めて、強く力を入れた。水彩画を描きに行くミシェルにヴァデル氏が同行するならわしは私にも既知の事柄だったが、一度だけモニエ氏も付いて行ったことがあって、ヴァデル氏もそれを覚えていたという。いや、言われて思い出したのだった。自転車を引いていたんだよ、この人は！　乗るんじゃなくて、引いていたんだ！　ヴァデル氏は妻が亡くなってからはじめてと言っていいほど大きな声で笑った。じつは、モニエ氏はそのとき、まだ自転車に乗れなかったのである。隣村に住む叔父が乗ってきたものを頼み込んで借り受け、練習場所を探しているとき偶然ふたりに会って、いっしょに来ないかと誘われた。軍用らしき固い防水布でできた、荷台の鞄に目を付けられたのである。画材と食糧を入れるにはもってこいの大きさだった。モニエ氏は自転車に乗れないことを素直に打ち明けられぬまま、荷物係として池まで付いていった。そのあと猛練習をしたことは言うまでもないのだが、あのときあんたたちの前で恥をかいてなければ、習得にはもっと時間がかかってたろうとモニエ氏は笑い、ヴァデル氏のほうは、歩いている自分たちに合わせてくれているのだとばかり思っていたと、数十年後の告白に心底驚いた様子だった。モニエ氏はつづけた。ミシェルがサナトリウムに入ってしばらくしたある日のこと、高校の担任教師が自分の寄稿している文芸雑誌をちらりと見せてくれた。目次を開くと、《自転車を引く人》というタイトルが目に入ってきた。作者はM・ルーシェ。教師に確認すると、まちがいなくミシェルその人だった。

そこまで話を聞いていたダニエルが、真っ先に想い浮かべたのは祖父のルーシェであり、ルーシェを追っている私のことだった。一瞬、息を吸い込むのを忘れてしまったほどです、あなたがここに居てくださって直接いろんな質問をしてくれたら、どんなによかったでしょう、ずっとそう思いながら耳を傾けていました、とダニエルは記していた。少しはメモを取らなければと、書くものを手にしたのですけれど、ふたりの話があまりに魅力的でついつい聞き入ってしまい、帰宅してから覚えているかぎりのことを大急ぎで書きだすくらいしかできませんでした。今日はそれを、順不同でお伝えします、あとはあなたの頭のなかで、再構成してください。

大急ぎでとあったとおり、ダニエルの手紙は途中から箇条書きになっていた。そのくせヴァデル氏の言葉は黒、モニエ氏のそれは青、彼女のコメントは赤のボールペンで書き分けられている。ミシェルの文章は、「あの日」の思い出に想を得たのだろうか。雑誌は例の謄写版だったらしい。費用の問題もあるだろうけれど、きなくさい時代の流れを見極めながらの編集だったから、通常の印刷を避けたとも考えられる。他人に読ませつつ読ませない。読ませないことで逆に読者をひろげていく迂遠《うえん》な手法である。その文章とふだんのミシェルとがどうも結びつかない、年齢から言っても父親の方が書いたのではないかとモニエ氏は疑わしく感じていた。ヴァデル氏は、その雑誌の存在も、ミシェルが文章を活字にしていることも知らなかった。モニエ氏はぽかんとしているヴァデル氏に言った。その場で読ませてもらってひどく感心してね、細部は覚えていないけれども、たしか自転車に乗っていた男が不思議な空の色に気づいて、それをゆっくり観察するために引いて歩くことにしたという、それだけの話だ、あの大役をつとめた日のことがでてくるかと思ってびくびくしたよ、それにしても、言いまわしがいちいち新鮮だった、いいかね、その空には白ワインの風味があったというんだ、空の色を表現するのに香りや味を持ち出すなんて、どこで勉強したものだろうな。

ヴァデル氏が小さな声をあげた。空の色の話なら、自分も読んだ覚えがあるというのだ。ただし雑誌ではなく手紙のなかで。ダニエルは、ぼんやりしがちだったヴァデル氏が、これほど細かい状況を思い出し、生き生きと語りはじめたことに驚きを隠せなかったようだ。亡くなる少し前に寄こした便りのなかで、ミシェルはサナトリウムの食堂の窓にぶつかって怪我《けが》をした鳥の話をヴァデル氏に書き送ってきた。

退院する仲間のために食堂でお別れの会をしていたとき、なにかが激しくガラスにぶつかる音がしたので、見ると、窓の下でシジュウカラが気絶していた。あまり動かさないよう木陰の涼しい草のうえにそっと運んでおいたらやがて回復したらしく、いつの間にか姿を消していた。そこで空を見あげると、特別に許可を得て飲んでいた白ワインとおなじ、火打ち石みたいな香りがしたとミシェルは記していたのである。空に色はあっても香りはない。実際に霞を嚙んで食べたってその味は表現できない。ヴァデル氏には、なんのことだかまるでわからなかったという。

自転車のエピソードのときの笑顔は、もうすっかり消えていた。ダニエルが送ってくれたスナップ写真のなかの、酒が入って赤というより土気色に近くなった頭部にのっている白髪は、私が訪ねた頃より心なしか薄くなっている。艶《つや》のない乾いた頭皮のあちこちにたんぽぽの綿毛がひとかたまりふたかたまりまばらに散って、右耳の上あたりの毛はからまった釣り糸みたいにふくらんでいた。当時のミシェルには小鳥の身体を心配する余裕などなかったはずなのに、いや、だからこそ自分より小さな命を救ってやりたいと願う気持ちがあったのかもしれん、とヴァデル氏はつぶやいた。ミシェルの死の報をルーシェに届けたのは、臨時郵便配達夫をしていた若き日のヴァデル氏自身である。その折のルーシェの表情の変化と、一瞬くずおれそうになったひょろ長い上半身の揺らぎばかり印象に残っていたけれど、思えばあの日の空も土の底の香りがしそうな雰囲気だった、ルーシェの顔色もそうで、身体の奥のなにかに火がつきそうになるのを、じっと抑えているようだった……。

薄くて澄んだ青い空に、昨日の空と遠い日の秋が重なりあう。ミシェルの手紙にはそんな空の下で自分は死ぬという別れの気持ちが込められていたのだろうか。ダニエルが丸で囲んでいたのは、火を熾《おこ》す石の意になる複合語だ。火の部分に銃という単語が置かれることもあって、その場合はライターに使う石と同様、火打ち石ではなく発火石と訳したほうが適切である。ただしライターの発火石はセリウムと鉄の合金で、ガスやオイルの助けを借りて瞬時に火をつくるものだから、ワインの香りに適用するならミネラル分を含む鉱物としての天然石でなければならない。薄いチャートを割って火打ち金と打ち合わせ、香りを嗅ぐ。あるいは破片を口に入れてパリパリ嚙んでみる。すぐれたソムリエは、火打ち石を鼻と舌の双方で体験しているのだ。しかし、それを空に転用するには、五感よりも語感が、さらに想像力が求められる。ミシェルをめぐる思い出話のなかの火打ち石、もしくは発火石と空の結合は、私の想像をふたたびあらぬ方向へふくらませた。あの「黄色は空の分け前」という詩句の黄色は、空で発火した炎の色ではないか。アンドレ・ルーシェがこの詩行の出てくる絵はがきを書き送ったのは一九三八年のことだ。モニエ氏の記憶にある雑誌が高校時代のものであれば、両者はゆるやかに重なる。父と子の言葉に関係があるとしたら、女性に宛てた絵はがきの文面を息子が参照したと考えるより、父親の口にした表現が耳に残って、それを拝借したとするほうが自然かもしれない。

ミシェルはその後、ヴァデル氏のもとへ、元気になったシジュウカラの水彩画を送って寄こした。手入れなしで図鑑に使えそうな出来映えだったというのだが、今度は図鑑という言葉にモニエ氏が素早く反応した。挿絵で有名な古い鳥類図鑑がミシェルの父親の書棚にあって、息子はそれをよく参照していた。図鑑が置かれた一角は、背表紙の雰囲気があきらかに他とちがっていた。詩の本も何冊かあったと聞いて、ダニエルはそこで大きく身を乗り出した。私からの刷り込みで、というのは彼女の表現だが、これがアンドレ・ルーシェの文学的な素養に光を与える、重要な証言になるかもしれないと思ったからだ。モニエ氏によると、あるとき、ミシェルが冗談混じりに、将来は爺《じい》さんになるのも悪くない、子どもはいらないけれど孫が欲しいなどと頓珍漢《とんちんかん》なことを言うので、好きな女もいないくせにと笑ってやったら、そういう詩を読んだのだと応えた。爺さんになりたかったミシェルが死に、自分のほうが生きのびて正真正銘の爺さんになった、孫はとうにあいつの年齢を超えている、嬉しいのだか悲しいのだかもうわからんよとモニエ氏は嘆いた。ヴァデル氏はそれを聞き流していたが、胸中おだやかではなかっただろう。孫どころか、マリアンヌさんとのあいだには子もなかった。ダニエルが娘のように大事にされているのはそういう背景もあったのだ。彼女はこの部分に「詩の本。お爺さんになりたい」と青インクで記し、下線で強調していた。

確証はないものの、一般的なフランス文学史の知識をあてがうと、これはヴィクトル・ユゴーの『お爺さんになる方法』を指しているのではないかと思われる。もしこの一九世紀後半に出た本が会計検査官アンドレ・ルーシェの書棚にあったとすれば、じつに興味深いことだ。ユゴーの世界はルーシェの「詩篇」とあまりにかけ離れている。彼の資質は現代詩の世界に、たとえばシュルレアリスムに通じていると私は思い込んでいた。もしユゴーの本が資格試験の参考書のひとつだったとしたら、たぶん『東方詩集』や『諸世紀の伝説』といった朗々たる大作も並んでいただろう。大詩人は次男シャルルとその妻が亡くなったあと、ふたりの孫を引き取って育てていた。祖父であること。孫を愛すること。小さな子どもに夢中になった愚かな祖父から溢《あふ》れ出る言葉の数々。詩のなかのジョルジュは二歳、ジャンヌは十カ月だった。

存在しようとするあの子らの試みは神々《こうごう》しいほどに拙《つたな》い
未完のものが打ち震えるあの子らの言葉のなかで
空の残りが散り、逃げ去って行くのが見えるようだ
宵である私、夜である私
その蒼白く冷たい運命が色褪《いろあ》せていくこの私は
口にしながらほろりとする。あの子らは夜明けなのだと

発せられた言葉の泉は滞ることなく先へ先へと流れていく。原語の韻律はなめらかで、後戻りを許さない。孫たちの意味不明の会話が、意味不明というその最大の美質で祖父の心の地平線を引きのばす。幾多の計画が、思念が、欲望がみごとに崩

れ落ち、やがて国葬されることになる偉大な詩人をただの夢見がちな好々爺《こうこうや》に変える。その変貌《へんぼう》の過程に難解な表現はひとつもない。ルーシェは胸を病んだ息子の将来を案じつつ、いつの日か晴れて祖父になる日を夢見ていたのだろうか。しかし「お爺さん」になりたいと他人の耳に漏らしたのは、父親ではなく息子のほうだったのだ。『お爺さんになる方法』には、三人でパリの植物園へ遊びに行ったときのことを描いた一篇がある。傷ついたシジュウカラを手にしたミシェルは、その植物園附属のこぢんまりした動物園で小鳥の名がならぶ詩節を思い出していたのだろうか。父親がこの詩集を架蔵していたらという仮定にさらなる仮定をつけ加えて私の夢想は袋小路《ふくろこうじ》に入り込む。「存在しようとするあの子らの試みは神々しいほどに拙い」という一行が、文脈を剝《は》ぎ取られた生の状態で胸に突き刺さる。ここでの「あの子ら」が、まだ形になっていない言葉そのものを指すとしたら、「空の残りが散り、逃げ去って行く」あとにひろがるのは、モニエ氏が心を動かされた、あの発火石の風味をたたえる空でしかありえない。

ダニエルは最後に、すべてがもう自分たちの手を離れて、どこかへ立ち去ろうとしています、ヴァデルさんやモニエさんだけではなく、わたしにとっても若かった時代は遠く空の向こうに退いてしまいましたと書き添えていた。そんなことはない。一七世紀の箴言《しんげん》を借りるまでもなく、私たちはけっして現在時に拘泥《こうでい》しないのだ。とはいえ過去も未来も、現在なくしてはありえない。どうあがいても、刻々と死んでいく現在のなかでしか人は生きることができない。古い記憶が現在の肥やしになるとしても、むかしと呼ばれる相対的な世界を目の前に引き寄せてくれるのは、まぎれもないこの現在なのだから。過去は現在という点から点への綱渡りのなかで生まれる。「存在しようとするあの子らの試みは神々しいほどに拙い」。なるほどそのとおり、いまを生きる者はつねに老人であり、つねに子どもなのだ。夕空が闇に消えて行く時間に発火石で弱々しい明かりを送ってみたところで、私たちにはその香りも味も、永遠に未知のままで終わってしまうことだろう。

その姿の消し方

　髪を銀色に染めることがこの街で流行しているのか当人の趣味なのかはわからないけれど、若いとも若くないとも言いがたい外見の、しかし肌は妙に艶《つや》やかな女性が、さっきから隣の縁石ブロックに腰を下ろして、喧噪《けんそう》に負けないしっかりした粘着音を響かせながらガムを嚙んでいる。こちらの鼻先をかすめる空気の流れにミントの香りがまだ強く残っているのは、彼女が青い筒状のプラスチックケースからあまり間を置かずに粒状のガムを振りだし、リズムよく口腔《こうこう》に補充しているせいだ。天気は穏やかで、高層ビルのあいだから差し込んだ光がスポットライトのように広場の周辺を照らしている。陽光はゆるゆると照射角を変化させていく。コンクリートの小さな囲い地に植えられているトネリコの影のかたちが、ここに来たときよりわずかに長くなっていた。若い人たちが集まる場所だと噂に聞いていたけれど、そうともかぎらないようで、中高年の女性ふたりという組み合わせもかなり多い。定期的に駅から吐き出されてくる群衆に目を凝らしていると、だれかひとり、すっと浮き出るような雰囲気をまとってこちらに向かってくる。それが途切れることなくつづく。男でも女でも、合流まで数メートルのところで軽く手をあげたり胸元でてのひらをひらひらと振ったりして、ごめんねと一方が謝り、いいよわたしもいま着いたばかりと美しい虚偽の申告をしあったのち、円満にその場を去っていく。接近、合流、再出発。それが数分足らずのあいだに行われるため、少しわき見をしていると、ついさっきまで視野に入っていた人の姿がなくなって、べつの顔がその空間を占めている。変化の様相が漠然と記憶され、一瞬ののちには消去される。

消えた光景、消えた人物、消えた言葉は、最初からなかったに等しくなる。以前はそんなふうに考えていた。しかし欠落した部分は永遠に欠けたままではなく、継続的に感じ取れる他の人々の気配によって補完できるのではないかといまは思いはじめている。視覚がとらえた一枚の画像の色の濃淡、光の強弱が、不在をむしろ

「そこにあった存在」として際立《きわだ》たせる。人に対しても言葉に対しても、全体を押さえてなにかを見ることは想像の領分だが、望みどおりにひとつひとつを埋められそうな欠落図が提示されないまま、存在が乱反射して散ってしまう場合も少なくない。

不意に、大きな人影が眼の前をよぎってなにか固いものがアスファルトに当たり、中身がばらけて威勢よく飛び散る音がした。隣の女性が手にしていたガムの容器が落ちて蓋《ふた》がはずれたのだ。白い碁石のような色艶の、気味の悪いほど大きさの揃《そろ》った四角い破片があたりに転がっている。人影はバックパックを背負った大柄な男性で、ぶら下がっていた革紐が偶然彼女の手を襲ったらしい。みな地面をながめるだけで身動きもしない。男はすぐさま、ごめんなさい、弁償しますと低い声で申し出た。女性は手首をさすっているのだから、まず怪我《けが》はないかどうか確かめるべきだろう、と私は心のなかで非難する。しかし彼女はあくまで無表情に、大丈夫です、わたしがぼうっとしてましたからと応《こた》えて立ちあがり、半歩前に移動してしゃがみ込むと、こぼれたガムを拾いはじめた。

存在の乱反射。どうしてそんな言葉が出てきたのか、自分でもわからない。光を鈍く照り返す白いガムはひと粒ずつ指先で拾われるだろうと思い込んでいた私の常識は、つぎの行動によってあっさり覆《くつがえ》された。砂場で砂を集めるときのように、彼女は両のてのひらを膝元で少し立てた状態でいっぺんに寄せ集め、大胆にすくってもとの容器に入れたのである。むかし小銭やおはじきを落としたとき、そんなふうにやった覚えがあるけれど、ざらついたアスファルトの地面で、いくら量が多いとはいえ両手にあふれるほどでもない小さなガムのかたまりを掻き集める発想はなかった。女性と接触した男はバックパックを下ろして手伝うわけでもなく、ほんとに、弁償させてください、お願いしますと、もう一度拒まれたら素直に引き下がりそうな、弱々しい口調で申し出た。断られるだろうな、と私は思った。周りの見方もおなじだったにちがいない。ところが彼女は、あいかわらず表情をかえずに、少し間を置いて、じゃあお言葉に甘えてと金額を口にし、三分の一くらいは減ってましたからその分は引きます、と言ったのである。男はジーンズのポケットから財布を出して、落とさないよう慎重に小銭を手渡した。しゃがみこんでいる彼女の銀髪に、秋の午後の低い陽差しが映えてオレンジに燃えあがっている。銀髪は夕暮れの光のためにある。そう言いたくなるほど美しい色だった。

そのときである。視野の外から私の下の名前を呼ぶ声がした。ぐるりと見渡すと、ガムを拾った女性よりも本格的な白銀の、しかもごわごわした鳥の巣を頭にのっけたようなクロチルドが、その名のとおり半冷凍の黒目で立っていた。髪の色以外、二十数年前とまるで変わらない雰囲気に引き込まれ、再会の抱擁に身体を近づけようとしたところ、膝になにかがぶつかって動きをさえぎられた。型が崩れるほどふくらんだ紙袋とキャリーケースで、彼女の両腕は完全にふさがっていたのだ。紙袋だけこちらに引き取り、たがいの身体の均衡を整え、腕を使わず首から上だけで左右に二度、頬を触れ合わせる。つい先ほどまで私の注意を引きつけていた銀髪女性とバックパックの男の姿は、もう過去のものになっていた。私はいつもこんなふうに、唾液《だえき》にもまれて音を立てている、ガムのような未知の言葉に気を取られて、大切な影を見失ってきた気がする。ひとつのことに時間をかけるのはいい。ただしそれは、余計なことを相手にしないでおくふるまいの取捨選択ではなくて、本来なら視野に入りもしない事象や人物、生き物や言葉の出し入れに対して、いつも以上に敏感になることなのかもしれない。ガムの女性は、粗野なしぐさで落ちたものを拾い集めていたわけではなかった。すばやく掻き集めることでしか得られないものを確実に得ていたのだ。なにかを得ようとしている人の、行為の詰めの部分を見落としてきたのは、そのような行為じたいの特性なのか、こちらの不手際なのか。

このあとまた人に会うと言っていたわりには、荷物が多すぎるじゃないか。あきれながら難じてみると、じつはホテルを引き払って友人の家に泊めてもらう予定なのと、どこへ行くとも決めていないのに自分からさっさと歩き出す。いったん言葉が出はじめたら、しばらくは止まらない。荷物をあずけて空いたほうの手をさかんに動かし、最後に会ってから幾度か転職したこと、引っ越しを重ねているうち私の連絡先を記した手帖をなくして途方にくれていたこと、何年か前、パリ郊外で開かれた書籍市のプログラムに私の名を見つけて驚喜し、仕事を調整して出掛けて行ったのにブースを間違えて会えなかったことなどを、次々にまくしたてる。失態に気づいて場所を移動したときにはもう、私は他の会場にまわったあとだった。係の人に事情を話し、自分はこれこれこういう者でその人の古い知り合いである、なんとか連絡先を教えてもらえないか、それが無理ならこの名刺を渡してくれないかと頼み込んだが、対応はにべもなかったという。

無理もない。一週間に二十万近くの人出があるお祭りなのだ。しかも私は、形式上、遠方からの招待客のひとりとして保護されていた。ただでさえ人が多いのに加えて、運悪くその日は近隣の中学生たちが引率されて見学に来ており、思い思いの場所に座り込んで持参したサンドイッチを頰張りながら通路をふさいでいた。約束をしていても、そうすんなりと顔を合わせることはできなかっただろう。もう連絡はとれないかとあきらめていたところ、だったら肩書きのある勤め先のほうに問い合わせてみればいいじゃないかとアドバイスしてくれる人がいて云々《うんぬん》と、高架下の小さな喫茶店に入るまでのあいだ彼女はずっとしゃべりつづけた。知り合った頃に勤めていた会社は、私が帰国したあと他社に吸収合併され、彼女はリストラの憂《う》き目《め》にあっていた。日本語の勉強も無駄になって、しばらくはショックでなにもできなかった、いまは法学の修士号を生かしてフリーで働いてる、東京に来たのは、とあるシンクタンクのフィクサーみたいな人物のお伴《とも》で、通訳ができるほどの力はないのを承知のうえで今後のために連れてきてもらった仕事だけど、もうノルマは果たしたし、現金支給の滞在費が切れそうになったから、ホテルを出ることにしたのだと悪びれずに言う。

話しているうちだんだん首が左に傾き、テーブルに半身を乗り出す癖はむかしのままだ。彼女と知り合ったのは私が留学生の頃で、当時の会社で必要とされていたアジア方面の渉外担当者として読まされていた日仏の文書をさかなに、月に一、二度、安いファーストフード系の店で顔を合わせていた。話すのはもっぱら彼女のほうだから、日本語の作文に手を入れたあとこちらは聞き役になって、たいていは理解のない上司の悪口に適当な相づちを打っていた。徐々に激して大きくなっていく手振りで、頼んだ飲みものを飲む前に倒したりしたことも一度や二度ではない。なじみの店でいちばん安価だった焼きたての――つまり電子レンジで解凍したばかりの――、舌が焼けるほどに熱いアップルパイをその怒りのさなかに口にして、文字どおりに舌を焼いて熱い熱いを連発しながらもそのパイのではなく上司の文句を言う。テーブルに置いてあるピクルスの瓶を倒して整えたばかりの文書を酢漬けにしたうえに、白いガムならぬトルコ産の小さくてしんなりしたピクルスを芋虫みたいに這わせたこともある。

何度かは、彼女の家で食事をしながら、コンピュータ・プログラマーのご主人をまじえて文書の検討会をおこなった。食事に来ないかと言う以上、相応のものが供されるのではないかとの淡い期待は毎回裏切られた。彼女の料理はすべて冷凍食品で、二週間に一度、そういうものを専門に扱う店で大量に仕入れ、順次解凍していくだけなのである。おまけに肝腎《かんじん》の電子レンジやオーブンの扱いがいつまでたっても身につかず、シーフード・ガルニ、プーレ・ロチ、キッシュと、すべて半解凍か焦《こ》げつきで、皿にも移さず容器のまま、あげく食後に勧めてくる珈琲《コーヒー》はインスタントの粉をコーヒーメーカーのポットに入れて空のドリッパーから注がれるお湯でそれを溶くという自己流である。ご主人もあまり食には関心がなく、客がいてもいっこうに自分のペースを崩さない妻を、ただいとおしそうに眺めているだけだった。

東京のコーヒーって、どこもほんとにおいしい。まん丸い鼻を突き出すようにクロチルドはしみじみつぶやく。コーヒーメーカーでインスタントコーヒーをつくってくれたこと、覚えているかな。うん、覚えてる、でも、いまは娘が淹《い》れてくれるから、と呑気《のんき》なことを言う。連絡が途絶えたあと、彼女は母親になっていたのだ。それにしても、引きこもりがちのあなたが勤め人になっているなんてびっくりした、コーヒーばかり飲んで引きこもらないとできない仕事もしているのに、どうやって時間のやりくりをしているの、と彼女は真顔で問うた。いまでも十分引きこもってるよ。私は正直に応えた。あの頃、脈絡なしに読んでいた本のなかで気になった言いまわしや辞書にない単語の意味を教えてもらうことがあったのだが、一度、「出不精のモグラ」という表現について質問したことがあった。第一次世界大戦を舞台にした本を読んでいてこの表現を見つけ、モグラのように生きるという言いまわしはめずらしくないけれど、出不精のモグラとはまことに重言的で興趣に富むなあと感心しながら先を進めると、どうも文意が通らない。そこでひとしきり雑談をしたあとその本の該当箇所を指さして見せたのである。彼女は大笑いした。なにをどう思い込んでいたのか、私は「部隊《トループ》」と「モグラ《トープ》」を読みちがえていたのだ。塹壕《ざんごう》を掘り、そこに砲弾が落ちてくる物語のなかには、モグラを使う慣用句がぴったりの節々があったのである。誤りを指摘されてからも、正しい訳語である「駐屯地残留部隊」より「出不精のモグラ」のほうがずっといいと、負け惜しみでなく思ったものだった。

ところが、そんなの全然覚えてない、とクロチルドは言う。ふたりの思い出話は、いつしか私のモグラ談義になっていた。農地や公園、それからゴルフ場などに愛らしい土の山をこしらえていくモグラたちを、機械も薬も使わない伝統的な罠《わな》で捕獲する専門家たちの技術に触れ、ことのついでに、数年前、自宅を訪ねてインタビューした、とあるフランス人作家による、モグラ退治を仕事にしている男との対話集を紹介した。作家の家は代々つづく地方の大農場主で、ゆるやかな起伏と小川のある広い所有地のあちこちに、モグラの塚ができている。放っておけば土中が炭坑のように穴だらけになってしまうから、たいていの農地では専門家に駆除を依頼するのだが、彼はあえてそれをしないでモグラたちの暮らしを守っているのだと語っていた。モグラ獲《と》りは流しの仕事である。依頼があればどんなところにも出向いてしばらくのあいだ滞在し、食事と宿を提供してもらって働く。私はその本のなかで「モグラの塚をつぶす」という動詞を覚えたと、自慢にもならない自慢をした。日本にもモグラはいるの？　自分の語りに少し疲れたのか、彼女は私の馬鹿《ばか》話に、それも久闊《きゅうかつ》を叙するにしてはいささか貧しい話に付き合ってくれる。日本の場合は環境への影響を考えて、古式ゆかしい罠を仕掛けるなんて真似《まね》はしない。最新のセンサーが働いて、瞬時に捕まえる装置が普及している。モグラという名詞に職業を示す語尾をつけて、それにたずさわる人の暮らしや言葉に光を当てるような思いやりはないのだ。

留学生時代、私は生物学の大学教授資格試験を準備している連中とおなじ寮で生活していたから、昆虫を食べる哺乳類としてのモグラの話もしばしば聞かされていた。モグラの巣穴はギャラリーと呼ばれる。掘り出した土がこんもりした小山をつくるので、山の位置と土の湿り気で彼らが近くにいるかどうか把握できる。移動に用いられる幹線は、道路や生け垣や壁など、いつもなにかに沿うようにして地中浅くにもうけられ、虫を捕ったり休んだりするための補助坑がそこから枝のように伸びている。出不精どころか、彼らは秒速一メートルの速さで穴を駆け抜け、強力な両手を使って水中をも泳ぐので、鼠のように水攻めもできない。ただし、なにも食べないと数時間で死んでしまう。たえずなにかを口に入れなければ生きていけない。冬眠もできない。それでいて、四時間に一度は身体を休める必要があるのだ。これは先の試験に課される模擬授業を準備していた学生が語ってくれたことだから専門書で確認したわけではないのだが、近眼で出不精、本の虫というキーワードは、ぐうたらな私とモグラを結びつけるのにもってこいだったらしく、八時起床、十二時に食事と昼寝、午後四時にお茶と二度目の昼寝、午後八時に夕食をとってまた眠るきみの生活こそはモグラ捕獲人によって駆除されるべきものであるときつい冗談を言われたものだった。とはいえモグラは目が見えなくとも鼻が利《き》く。触れもしないで金属の存在を察知し、それを回避する穴を掘る。捕獲人は、彼らが何度も罠を逃れて安心したところを狙って仕留める。かつてはその皮がモールスキンとして重宝され、アメリカに輸出されていた。一着のコートを縫うのに八百匹のモグラが必要だとも言われている。

それから、「詩人」アンドレ・ルーシェのことも話した。しばらく前、ヴァデル氏の近況報告としてダニエルが代わりにくれた手紙のなかの、古い友人モニエ氏が妻の亡きあと家に閉じこもっているとの一節に、「モグラみたいに暮らす」という熟語が使われていたからである。「モグラたちのもとに行く」と言えば、大地に埋葬される、死ぬとの意味にもなる。ほんというとね、モグラにはあんまりいい思い出がないのよ、とクロチルドは言った。鼻がこんなだから、梨みたいだとかモグラみたいだとか、子どもの頃よくいじめられたの、それに、と彼女はちょっと声を落とした。じつは昨日までいっしょに動いていた人は、親会社が今年の総売上や資産を連結決算で色づけするためにグループ企業に送り込まれたモグラ、つまりスパイみたいなもので、わたしもちょっとその手伝いをしてるから広い意味では同類になる。じゃあ、このおしゃべりも情報収集のうちにふくまれるのか。そう、だから証拠の写真も欲しいの、お店の人に、撮ってもらっていい？

　ちょうどドリップの最中だったオーナーは、少々お待ちをとまず職務を遂行し、窓際の客に珈琲を運んでから私たちのテーブルにやってきた。レンズが望遠鏡みたいに伸びてくるクロチルドの古いデジタルカメラで、何枚か記念写真を撮ってくれる。液晶画面で出来映えを確認すると、狭い高架下の喫茶店のいちばん奥の穴蔵にもぐり込んで身を寄せ合い、笑みを浮かべた二匹の中年モグラが写っていた。もぐり込むという言葉には、モグラの音がくぐもりがちに響いているのだ。

　さあ、そろそろ時間。クロチルドが立ちあがり、私もそれにならう。ところが例の紙袋を持とうとしたとき彼女はあっと声をあげて、忘れてた、お土産を渡さなきゃと、なかからくしゃくしゃになったビニール袋を取り出した。その瞬間、ぷうんと強い臭《にお》いが日本のモグラの鼻を突いた。言われなくてもわかった。大きいのを買ってきて、切り分けて配ってきたのよ、はやく食べてね、これがブリ、これがシェーヴル、これがブルー。私は薄い書類鞄しか持っていなかった。じゃあこの小さいのをあげる。彼女は紙袋のなかに入っていた、さらにくしゃくしゃの紙袋を差し出す。わざわざフランスからチーズを持ってきて日本で配るのであれば、せめてジッブロックでも買って臭いを閉じ込めるくらいの工夫をすればいいのにと思ったが、こういうところが二十年来変わらぬ彼女のがさつな愛らしさなのだろう。駅へ戻るまで私はまたぽってりとふくらんだ紙袋と小袋を持ち、彼女はキャリーケースを引きずりながら新幹線の車内販売のアイスクリームがいかにおいしかったかなどと、別れる直前まで話をやめなかった。改札の前でふたたび頬をあわせてさよならを言い合ったが、たがいの不器用な動きに眼鏡のつるとつるがぶつかって、かちゃりと音を立てる。地上を行く彼女とは反対に、私は真性モグラにふさわしく地の底に掘られた天井高の低い電車に乗り込んだ。

不用意に腰を下ろした座席のまわりに、発酵食品の濃厚な臭いが漂いはじめる。身が固くなる。塚がたくさんあるからと言って、素人《しろうと》が立ち向かってもモグラは簡単に捕まらない。こちらかと思えばあちらから顔を出す。アンドレ・ルーシェの跡をたどる道の途中で知り合った人々は、さしずめ高速移動用の通路の枝葉として伸びた回廊の先の塚みたいなものだ。ヴァデル氏の生家が所有していた農場にも、おそらくモグラたちは入り込んでいたにちがいない。その家を消滅させた火事の原因である小石は、彼らが地中から掘り出したのかもしれないのだ。町はずれの一戸建てにこもって会計検査の仕事をこなしつつ、抗独運動でモグラもどきの活動をしていた可能性のある男の言葉を、私はいつまで追いかけるつもりなのか。彼が残した巣穴の盛り土はわずかに五つ。しかも土はもう十二分に乾燥していて、近くでモグラが動きまわっている気配はどこにもない。「詩」のありかはばらばらで、太い動線も発見されていない。ルーシェに秒速一メートルの移動は不似合いだ。彼はそれこそ「出不精のモグラ」であり、「駐屯地残留部隊」として静かに抵抗を試みるべく、そのつど姿を消して再浮上の機会を待っているのではないか。地下鉄に揺られ、チーズの臭いをまとっているうち、自分がアンドレ・ルーシェの「詩」の力に引っ張られているのか、こんなふうに姿を隠しながら彼が示しつづける不在の根に共感を覚えているだけなのか、だんだんわからなくなってくる。

……緑の光を捕らえる口

ルーシェの最初の絵はがきに刻まれたこの口は、陽の光を見ず、スパイとして、言葉のモグラとして地中に風を吹かせようとしている彼の生き方を示していたのかもしれない。地下鉄が左に大きくカーブする。先頭車両のさらに先に、巨大な鋼鉄のモグラが開けた鉄路の回廊が光の筒をつくっていた。ビニール袋の口をもう一度くるくる巻き直す。そういえば、シェーヴルチーズに、モグラの塚に由来するトピネットと呼ばれるものがあった。ぽこりとした、灰がまぶされて少し黒ずんでいるモールスキンの小山。まさかそれを切り分けてきたわけでもないだろうけれど、仕事帰りの客でほぼ一杯になった車両に怪しい臭いをこれ以上ひろげるわけにはいかない。異臭を発する危険物を持ち込んだと誤解されないよう、降りるべき駅のはるか手前で逃げ出すように幹線をはずれ、見えない回廊から地上のコンクリートの塚に顔を出すと、すっかり日の落ちたアスファルトの上に、「輝く光の塵埃《じんあい》」がチーズにまぶした灰のようにきらきらと舞っていた。

打ち上げられる贅沢《ぜいたく》

あれは勤務先から得た長期研究休暇を利用して、十年ぶりにパリにやってきた春のことだった。少し落ち着いた頃にのぞいた市場で、ほとんど違反と言えるくらい歩道にはみ出した古着屋のハンガーラックに私は脚を引っ掛けてみごとにバランスを崩し、中腰のまま少し先に構えていた店の平台に正面からぶつかった。幸いにも山と積まれた大判の紙類が重しになって、台はやや位置をずらしただけで倒壊にまで到《いた》らず、こちらも怪我《けが》なしですんだのだが、詫《わ》びを言うのと向こうから声が掛かるのとがほぼ同時だった。いいんだ、いいんだ、気にすることはない、それよりせっかくだから、ついでにちょっと見ていかないか、と主人は言う。うちは東欧圏のポスターを扱っていてね、どれもリプリントじゃなくてオリジナルだ、見るだけでも勉強になる、後悔はしないよ。ぶつけた手前なんだか断りづらくなり、形だけでもと言われるまま平台の前に立った。黄ばみかけた粗悪なポスターを破らないよう、まるで芝居でもしているみたいに一枚ずつ丁寧にめくっていく。店主は私のすぐ横に立って、そのひとつひとつに講釈を垂れた。大半が現代演劇関係だったから、いくら説明されてもちんぷんかんぷんだったのだが、どぎつい赤や黄色や青が使われているものが多いなか、しばらくしてあらわれた薄い墨一色のポスターに、指が止まった。

そいつはすばらしいものだよ。店主が私の肩口でささやく。中央上部に灰色の大きな数字の「6」が描かれ、その下の円のなかに、やはり真っ黒な影の男の横顔が収まっている。男は顔よりも薄めの黒い背広を着込んでいるのだが、襟元と背中に内側から光を発しているような白いラインが浮き出ていた。とても有名な芝居だ、と店主は覗《のぞ》き込むようにこちらを見る。「6」に関係があるんですか。そう、タイトルには、まさにその数字が入っている。「6」のつく芝居を私はひとつだけ知っていた。ピランデッロの『作者を探す六人の登場人物』。それを口にすると、ブラヴォという声とともに、主人はその平たい黒ずくめの男をそっと紙の山から抜き出した。ワルシャワのノヴィ劇場で上演されたときのポスターさ、正真正銘の本物だ、俺がその場で交渉して手に入れたんだから。

ほんとうですかとは聞き返さなかった。縦長のレイアウトの、いちばん下に文字だけの白枠があり、その右端に劇場の名が刻まれている。登場人物が六人もいたら、小説家や劇作家はまったくもって差配が大変だろうなと思いつつ、「6」の中央で黒く塗りつぶされた作者の頭の中の底知れぬ暗黒を想像していた。そして、その下に積んであるポスターはもう見ないことにして値踏みするふりをし、「6」ユーロでどうか交渉してみた。冗談じゃないと主人は乗らず、「6」ユーロ引くということでよければ譲ると言う。もともとただで仕入れたのだろうから、値段なんてあってないようなものだ。それを承知で、私はピランデッロを買った。いくぶん乱暴なその言葉遣いの印象を裏切る丁寧なしぐさで店主はポスターを巻き、業務用の大きなラップで、サンドイッチみたいに包んでくれた。

うちは素通りかい。おばさんに声を掛けられたのは、その筒になった登場人物のいない作者を受け取ったときだった。とんでもない、これから覗こうと思っていたところですよ。倒れそうになりながらも起死回生のけんけんぱで乗り切った短い道中、三軒つづきの真ん中に構えていた店である。それが絵はがき屋であることは、宙を泳いで余裕などないはずの数刻のあいだにもう見て取っていた。視野の左手に流れた横並びの木箱、そして図書目録カードみたいに分類されたはがきの塊の色ですぐにわかる。ここだよ、とおばさんは私を見ながらすでに指差している。役者さんの絵はがきはここ、映画のポスターを縮めたやつはここ。申し訳ないけれど、とくに演劇に興味があるわけではないんです、たまたま芝居のポスターを買っただけで、と私は正直に告白した。じゃあ、なにに興味があるんだい。彼女は目を見開いてこちらを見る。フランス西南部の地名を口にすると、おばさんはなんだい、声を掛けてみただけなのに、ちゃんと探しものがあるとはねと言い、黄色いインデックスが飛び出ている箱のひとつをさっと流してよこした。六人の登場人物に探し求められている作者の筒をそっと立てかけ、両手ですばやく餌箱《えさばこ》を漁る。橋がある。教会がある。二股《ふたまた》の道がある。しかし波打つ格子《こうし》の家の気配はどこにもない。私は簡潔に事情を説明した。さあ、知らないね、見たこともない、と同情してくれる。成り行き上、なにか買わねばと、いつもそうしているように大型哺乳類の箱を頼むと、総菜屋のおばさんがトングひとつまみでみごとに求められた重量を盛りつけるように、こちらの顔を見たまま彼女はさっと手を伸ばして輪ゴムで留められた束を抜き出し、トン、と音をたてて専用の画板に載せた。大きい小さいまでは知らない、でも動物はぜんぶここにあるよ。

ざっと見るだけ見てお暇《いとま》しよう。そう思って、ピランデッロを倒さないよう注意しながらめくっていくと、写真も絵も、古いも新しいもごちゃまぜになった動物たちが眠っていた。イラスト風のものも多かったが、第一次世界大戦前の古い未使用の絵はがきがぽつぽつ出てきたあたりから、手の動きは大幅に鈍りはじめた。一枚一枚キャプションを読んではまた細部に見入ることを繰り返す。ひととおり見終えたとき、正面でかちゃかちゃなにかをかき混ぜる音がするので顔をあげると、おばさんが小さなダノンのヨーグルトを食べていた。固形物ではないのにちゃんと嚙んでいるところが、なぜか私の心をゆさぶった。昼を食べていないからね、二日酔いだし、あたしにはこれでじゅうぶんだ、とスプーンを口から抜いて彼女は言う。五十代なかばから後半くらいだろうか、あらためて向き合うと、鼻の下、上唇のすぐ上のうっすらとした産毛《うぶげ》にヨーグルトがついている。右眼の下には小豆大の黒い痣《あざ》が浮き出して、私を三つの目で睨《にら》んでいた。なんというか全体は干《ひ》からびているのに独特の色香がある。作者は見つかったかい。一瞬とまどったものの、隣のポスター屋との会話にひっかけたのだと気づいて、だめでした、そのかわり、登場人物はひとり見つかりましたと、二〇世紀初頭、フランス西海岸に座礁《ざしょう》した鯨の絵はがきを差し出した。アンドレ・ルーシェが若い頃に会計の勉強をしていたと覚《おぼ》しき市に近い海岸の名が記されている。彼女はちらりとそれに目をやり、にんまりしながら舌先で産毛をひと嘗《な》めして、二ユーロ、と素っ気なく言った。

そのときのおばさんが、大型車の運転席に乗り込んだ子どもみたいな恰好《かっこう》で店番をしていた。白髪が増えて顔が少ししぼんでいたが、片頬だけ笑っているような表情と右眼の下に浮き出した小豆大の痣、そしてなにより手にしたヨーグルトを見て確信した。ピランデッロの日の女性だった。フランス西南部のはがきはありますか。すると、あのときとおなじ表情で、おばさんはヨーグルトを食べながら、そこ、と口から出したばかりのスプーンの先を隅の一箱に向けた。そして自分では取り出さずに、好きに探しておくれとつづけた。声が以前より小さくなっている。私は教えられた箱を手に取り、蔵書目録を検索する要領で外には出さず、指先で一枚ずつはねていった。港の風景、魚屋の店先にならんだ店員たち、鐘楼、駅、カフェホテル。波打つ格子の家は、やはりなかった。かわりに、座礁鯨がまた見つかった。かつては動物の箱に分類されていたものだ。未使用品である。裏に鉛筆で値段が記されていた。それを抜き出して私は顔をあげ、じつは十年前にも、あなたから座礁鯨を買いました、ここではない古物市で。おばさんはいぶかしげに私を見てもう一度台詞《せりふ》を繰り返させ、それで、と先を促す。鉛筆書きの値段を示して私は言った。そのときも二ユーロでした。はっ、そりゃそうさ。彼女はまたひと口ヨーグルトを食べて、あたしには良心というものがある、ふつうはいちいち細かく値あげしていくだろうがね、そこに二ユーロとあるんならどんなに貴重なものでも二ユーロで譲るよ。じゃあ、これをください、それから、と私は少しためらいがちに言った。そのときも、あなたはヨーグルトを食べてました。

きょとんとしたあと、はあっは、と彼女は顔の組織をすべて笑いに動員し、上半身を揺らしてさらに笑いの音量をあげた。口から白いものが少し飛び散ったような気がした。はあっは！　そうかい、はあっは！　あんたは、おもしろいことを、言うね、それであんたは、鯨の、げほ、コレクター、がほ、なのかい、げほがほ。大丈夫ですか、マダム。だい、じょうぶさ。コレクターではありません、捜しものはべつにあるんです、でも、今日はこの鯨で十分です、なんというか、年を取ってみると、この座礁鯨の気持ちが前よりも理解できるように思いまして。ほほう。いるべきではないところにいるような、知らない間に、どこか自分にはふさわしくない土地に運ばれて来てしまったような、そんな気持ちなんです。作者を探す登場人物のような、とまでは言わなかった。息を整えた彼女はじっと私を見つめて、それはちがうね、と言下に否定した。あんたの背丈はせいぜいイルカの子どもくらいのものだ、その絵はがきの鯨は一〇メートルはあるだろう、あたしらみたいに小さな者は、浜に着くまえになにかに食べられちまうさ、座礁の心配なんていらないね。

そうか、そう考えればいいのか、と私は素直に感動した。座礁するには、しっかりした力が、ぶれない軸が必要なのだ。「われわれ」のように小さな生きものはただ大洋にふわふわと漂って、いずれ何者かの胃の腑《ふ》に落ちるのを待っていさえすればいい。身の程をわきまえていれば、もしかするとそのままピノキオのようになれる日が来ないともかぎらないのだから。おばさんはまた残りのヨーグルトを食べはじめていた。二ユーロ差し出すと、スプーンを口にくわえて自由になった右のてのひらで彼女はそれを受け取り、腰の辺りに巻いた鯨みたいな形の黒いポシェットの底に、かちゃりと落とした。

眼の葡萄酒《ぶどうしゅ》

だいぶ充血してますな、まあ、ふつうの花粉症だと思いますが。馴染《なじ》みの老医師は奇妙な形に彎曲《わんきょく》しているらしい私の鼻孔の内壁を細いファイバースコープで映し出しながら白いマスクの内側でそうのたまい、カシャカシャと電子画像を撮影して、それらについてはなんの解説も加えなかった。季節性のアレルギー症状に襲われるようになってこのかた、春先から私の嗅覚《きゅうかく》視覚は漸進《ぜんしん》的に低下し、たまに元にもどることはあってもたいていは派生したべつの症状に見舞われる。頭痛鼻水耳鳴り涙目、そして倦怠感《けんたいかん》。いっこうに治る気配がない。

鼻の病気は完治しないよ、だから医者は儲《もう》かるんだと、学生時代の友人で、ほかならぬ耳鼻咽喉科《じびいんこうか》の開業医を父親に持つ男が本気とも冗談ともつかない口調でよく愚痴っていたけれど、その言葉に説得力があったのは彼自身も慢性鼻炎に悩まされていて、市販のスプレーを肌身離さず持ち歩いていたからだ。薬なんて買わなくても親父に頼めばいいじゃないかと周囲に不思議がられるたび、いや、どうせ治らないんだから気休めの薬でいいんだと彼は煙《けむ》に巻いたものだ。総入れ歯で滑舌が悪いうえに、日頃の手当を怠っているのかマスクを外すと利《き》かない鼻でもわかるほどの口臭があり、治療中はパソコン画面ばかり見てあまり患部を覗《のぞ》かず、おまけに待ち時間が長いと悪口をたたく人がいなくもないこのクリニックが繁盛《はんじょう》しているのも、そういう理由なのかどうか私にはわからない。しかし、とにかく通いやすい場所にあって、日曜日の午前も診療しているという点だけで、すでにありがたい存在だった。

　批判の対象となっている口臭については、こちらの鼻が悪すぎるのかまったく感じられなかった。そもそも彼がマスクを外しているのを診察室では見たことがない。言語不明瞭《ふめいりょう》な点は認めるけれど、愚にも付かない冗談を繰り返すところを除けばなんの問題もなかった。やぶ医者ならば患者の数も減っていくはずなのに、若い母子の姿が絶えないのは、難じられている欠点を補うなにか特別な魅力が隠されているからなのだろう。実際、この老医師との微妙に嚙み合わないやりとりが私は嫌いではない。ふつうの花粉症だろうと言ったあと彼は、鼻の、このファイバーが届く範囲内では異常なしです、ただ充血がひどい、眼薬も出しておきましょうと付け加えた。眼薬ということは、鼻ではなく眼が悪いんでしょうか。細い管がするすると抜き取られ、ぴろんと跳ねたのを見計らって私は問うた。てっきり鼻の粘膜が赤くなってるんだとばかり思っていたのですが。いや、鼻的に不都合はありません。不都合なしと言われても、この頭重は、むかしべつの病院で副鼻腔炎《ふくびくうえん》と診断されたときの状態になんとなく似ている感じがするのです。じつを言えば、これは毎年反復されている会話で、このあと老医師は、そんなに気になるならMRIを撮りますか、と問うことになっていた。事実、返ってきた文句は昨年と一字一句変わらなかった。変わっていたのは、これまでほぼ機械的に断っていたその申し出に、私がはいと即答したことである。

予約なしの急患扱いで診てもらったのは、数日後に、杉の木がたくさんある山間《やまあい》の町へ出かける用事があったので、少しでも症状を軽くしておきたかったからだ。

花粉の源へ飛び込んでも大丈夫かとの問いに、絶対に大丈夫だとの保証はできないと老医師は役人のような顔で応《こた》えた。行ってみるまではなにもわからんでしょう、とにかく薬を出しておきますから、それでしのいでください。言うなり彼は看護師の名を呼び、ネブライザー、二分かな、ラボの予約もとってあげて、つぎの診察は写真がこちらに届いた頃に、と命じた。

じゃあ、こちらへどうぞ。すぐになじみの看護師さんとの儀式がはじまる。彼女は三台ならんでいる噴霧器みたいな装置の前に私を座らせ、尖端《せんたん》を鼻孔に当てるよう指示する。消毒の行き届いた処置室でひとり霞を鼻から送り込み、それが液化してたらたら流れ出てくるのをティッシュペーパーで拭き取るこの数刻ほどせつないものはない。いつか老医師にそのことを訴え、ほかに治療法はないのかと訊《き》いてみたら、円卓にひとりで座ってしゃぶしゃぶを食べるのとどっちがせつないかね、と問い返されて沈黙を余儀なくされた。そういう経験はなかったけれど、想像するだにやりきれない情景だと深く納得したからだ。しかし私にとってこの処置室は、垂れてくる液体によって無我の境地が掻き乱される空間であり、ぷしゅうぷしゅうという噴霧の音がその混乱を増長する修行の場でもあった。

心を鎮《しず》めようとする私の耳に、薄い引き戸の向こうの待合室から、若い母親の声が聞こえてくる。待合室に置かれた絵本を子どもに読んでやっているのだ。なまあたたかい蒸気のような霧が吐き出される音にまじって、なつかしい物語が立ち現れる。お母さん山羊《やぎ》と末っ子の山羊が草原にやってくると、木かげで狼《おおかみ》がいびきをかいて寝ていました。ぷしゅう。そしてお腹《なか》のなかでなにかが動いているのに気づきました。ぷしゅう。ああ、あの子たちはまだ生きているのよ。お母さん山羊が言うと、末っ子の山羊はすぐ家に戻ってハサミと針と糸を持ってきました。そのハサミでお母さん山羊が狼のお腹を切り開くと、仔山羊の頭が見えたのです。ぷしゅう。鼻から透明な液体を垂らしつつ、傷ひとつない仔山羊たちがつぎつぎにお腹から出てくる場面に私は耳を傾ける。さあお前たち、石を拾っておいで、狼が寝ているあいだにお腹に詰めるんだよ。そこで、小さな電子音をひとつ残して人工噴霧器が停止した。七匹の仔山羊たちが集めてきた石を、お母さん山羊が狼のお腹に詰め込み、そのまま縫い付けてしまう場面は、鼻から垂れた液体を拭いながら、機械音なしの短い静寂のなかで味わうことになった。いくら満腹で眠っているとはいえ、お腹を切り裂かれて痛くないのだろうか、血は出ないのだろうかと、かつて真剣に悩んだことを思い出す。狼はそのあと、じゃらじゃら鳴る重いお腹を抱えたまま、井戸か池かで水を飲もうとして溺《おぼ》れ死んだのではなかったか。

終わりました、と私は看護師さんを呼び、待合室に出ると、ほぼ同時に親子は診察室に入っていった。ちらりと見えたその子どもは女の子だった。それから老医師に言われたとおり受付でラボでの検査と次回の診察の予約を済ませ、薬局で薬を出してもらうと、急ぎ足で家にもどって、刺激もなにもない紅色の点眼薬をたっぷり差し、知的玩具《がんぐ》みたいな容器のスプレーを鼻孔の奥に吹きつけた。眼と鼻を結ぶ、解剖図でも見なければどのあたりと明示できない通路の鼻側の出口附近に、甘く苦い味の液体がじんわり沁《し》みだしていく。白い噴霧と甘い噴霧、そしてビタミンB入りの液体の混合物がどんな色をしているのかはわからない。しかし浸透の速さじたいに鼻が通った感触があって、それはそれで気持ちのよいものだった。

時折、薬箱の底から、一見粗悪なプラスチック容器に入っているこの赤い点眼薬の、いつ処方されたのかはっきりしない、まだ中身の残っているものがひょっこり出てくることがある。遮光袋に入っているし、蓋《ふた》はきつくしめてあるので蒸発するとは考えにくいのだが、取り出して見ると心なしか色が濃くなっているような気がする。中身を押し出してへこんだ容器が戻る際に空気中の埃や塵を吸い込むため、眼薬は防腐剤が入っていなければ短期間で劣化する。私たちは腐らない液体で少しずつ眼を傷つけてもいるわけなのだ。塗り薬にしたとしても、これだって空気に触れる以上菌は入るのだから防腐剤は必要になる。遠く新約聖書の時代には、眼薬は塗るものだった。「我なんぢに勸む、なんぢ我より火にて煉《ね》りたる金を買ひて富め、白き衣を買ひて身に纏《まと》ひ、なんぢの裸體《はだか》の恥を露《あらは》さざれ、眼藥を買ひて汝《なんぢ》の目に塗り、見ることを得よ」(ヨハネ黙示録、三・一八)。まさか眼球に直接塗ったのではないだろうけれど、眼薬をただの薬ではなく、見ることを学べという精神的な側面を説く言葉として受け取った場合、見ることを心得ていない人間にとって神の命で塗布する眼薬は敷居が高すぎる。やはり液体で我慢しておくのが好ましい。

注意書を無視して、年代物の点眼薬を陽の光に透かしてみる。赤は赤のままで、濁りも澱《よど》みもない。かたく閉じた蓋を開けて鼻を近づけると、みごとに無臭である。そのとき不意に、そうか、あのアンドレ・ルーシェの「詩」に出てくる「葡萄酒の点眼薬」とは、本物の酒を調合したものではなく、ただ単に葡萄酒色をしているという意味だったのかもしれないと思い到《いた》り、ルーシェが一九三八年一二月二二日付でナタリー・ドゥパルドン嬢に書き送った絵はがきのコピーを抽斗《ひきだし》から取り出した。

蕪《かぶ》を食べるたび充血する
君の眼には彼が調合した
葡萄酒の点眼薬を。容器
はおおかみの腹の皮で作
られた柔らかい袋に入っ
ていて。一日数回数滴の
点眼で君の瞳は深海魚の
それのように黒々と澄み
渡り水晶体のゆがみもた
だされるだろう、たぶん

ルーシェが残した詩のようなもののうち、この一篇のイメージがいちばん追いやすい。先に私は、「欄外の船」のなかで、語句の連鎖がいくらか「恣意的《しい》」だと記したのだが、ここには創作というよりどこか事実に即した流れの気配があって、さしたる根拠もなく、「葡萄酒の点眼薬」とは現実にその有効成分を生かして調合された薬品であり、一〇〇パーセントではないにしても葡萄酒がかなりの程度含まれた液体であると見なしていた。des gouttes de vin ophtalmique。ルーシェが記したophtalmiqueのあとには、文字が滲《にじ》んで判読できない箇所がある。それが複数形の語尾を示す一文字だとしたら形容詞は「滴」にかかることになって葡萄酒が眼からしずくのように垂れている状況が想像され、現状のままで直訳すれば「眼の葡萄酒」が数滴垂れたとも解釈される。矩形《くけい》に収まるよう記された原文をおなじく矩形に移してみた仮の邦訳において、私はgouttesを滴剤と受け取っていたのだが、「眼の葡萄酒」が数滴の涙にすぎないとするなら、色は赤ではなく白のほうが自然だろう。だが私は《「君」が飲んでいる葡萄酒は、赤なのか白なのか》と不確定要素を慎重に提示してもいた。ヴァン・ショの赤や、詩篇のなかの充血の一語に引きずられてつい赤を思い浮かべてしまったのだが、ルーシェの詩に色の形容はない。赤葡萄酒に含まれているポリフェノールにはさまざまな効能があり、血管を広げるので眼病の予防にもなるというから、飲まずに直接眼に垂らしてもいいのではないか。そんなふうに考えると、ますます「葡萄酒の点眼薬」の色は赤に、冒頭の蕪は赤いラディッシュに固定されてくる。蕪が白、眼薬は透明という組み合わせもありうるとしたうえで、当時は赤の連鎖を選択していたのだろう。

久しぶりにルーシェの一篇を読み返して驚いたのは、眼薬云々《うんぬん》よりも、容器が「おおかみの腹の皮」で作られた袋に入っているという一節のほうだった。これは耳鼻咽喉科の待合室から聞こえていたグリム童話の「おおかみと七匹の子ヤギ」と、どこかで底を通じているかもしれない。「おおかみ」と漢字をひらがなに開いたのは訳語の字数調整のためだが、葡萄酒を入れる革袋は通常山羊の皮からできているという知識が前に出すぎたのか、わずか数年のうちに、「おおかみ」を「山羊」に、食べる側を食べられる側に置き換えていたらしい。点眼薬の容器はたぶんガラス製で、それが割れないよう保護するための革袋が狼の腹の皮を鞣《なめ》したものだったとすればなんの不思議もないはずなのに、革袋にどぼどぼ葡萄酒を入れるところを想い浮かべて、点眼薬も袋に直接注いでいるものと考えてしまったのである。

外国の文学をかじるまで、古代には葡萄酒が樽《たる》ではなく革袋に入れられていたこと、その革が雄山羊のものであることさえ私は知らずにいた。実際、新約聖書には、葡萄酒を入れる革袋が出てくる。「また新しき葡萄酒をふるき革嚢《かはぶくろ》に入るることは爲《せ》じ。もし然《しか》せば、嚢はりさけ酒ほどばしり出《い》でて、嚢もまた廢《すた》らん。新しき葡萄酒は新しき革嚢にいれ、かくて兩《ふたつ》ながら保つなり」（マタイ伝、九・一七）。手持ちの仏語訳聖書では、革嚢にoutreという単語が当てられている。液体運搬用のこの革袋は、大きな辞書には雄山羊の革でできているとの説明がなされているものの、中に入れる葡萄酒の色までは明記されていない。赤でも白でもいい、おおかみの腹の皮を鞣した革袋に葡萄酒を入れたら、なにか特別な味わいになるのだろうか。それとも獣臭くてとても飲めなくなってしまうのだろうか。

ルーシェの詩に意識のかけらを残したまま、数日後、私は花粉が雲をなして一帯を白く染めている映像がしばしばテレビニュースで流される山間の町へ、電車をいくつも乗り継いで出かけて行った。なにをどう見込んでくれたのか、駆け出しの頃、定期的に小さな仕事をまわして暮らしを助けてくれた恩人から、退職後に移り住んだその町の、家の庭にある桜の古木の開花にあわせた宴《うたげ》に誘われていたのだ。先年奥様を亡くされてから徐々に気力が衰え、身体も思うように動かなくなってきたため、親しい仲間とつづけてきた年中行事の花見もこれで最後にしたい、古くからの知り合いでうちの桜を知らないのはあなただけだから、この機会にぜひ見に来てもらいたいと、葉書の案内状ではなく電話でじきじきに頼まれていたのである。例にない誘われ方は、負の予感をもたらす。なにかあったら、ずっと悔やみつづけることになるだろう。杉花粉に覆《おお》われた町で花見をするのは冒険だったが、瞬時の判断で、私はかならず行きますと応えていた。

黒々とした岩のような幹の、立派な桜の樹の下に集ったのは、ほんの数名だった。宴の主《あるじ》と仕事でかかわりがあったのは私だけで、ほかはこの地に引っ越してから付き合いのはじまった地元の方ばかりである。八十を過ぎた恩人は冷えないよう毛布を膝にかけ、あたたかい鍋をつつきながら熱燗《あつかん》を口にして終始上機嫌だった。調子がよくないと言うわりには快活にしゃべり、こちらの関心事にも変わらぬ好奇心を示す。私は問われるままアンドレ・ルーシェの詩について語り、葡萄酒を入れる革袋と眼薬の関係について大づかみに話した。すると恩人が応える前に、大陸の狼の毛皮は、ワシントン条約でいま手に入らなくなったねえ、獣の毛皮の臭《にお》いは素人《しろうと》に消せるものじゃないから、酒なんか入れた日には袋が破れるどころかまず臭くて飲めないでしょう、と脇《わき》からひとりが言葉を挟んだ。この方の父上は秩父の出身で、実家の近くに狼の顔をした狛犬《こまいぬ》で知られている神社があるのだそうだ。恩師は穏やかに、露伴がどこかに書いてましたねと相の手を入れる。狼の「おおかみ」とは「大神」でもあって、立派な信仰の対象になっているのに、「狼」という文字はよくない言葉にしか使われないところが面白いとかなんとか、たしかそんな話だったと思いますよ、狼藉《ろうぜき》、狼狽《ろうばい》、狼疾《ろうしつ》、和の世界では悪いイメージが先行していますけれどね。彼はそれには反応せず、十数年前に発見されたニホンオオカミの毛皮がその神社に奉納されているんですと、微妙に飛躍した逸話をまるで自分のことのように語った。

ルーシェの「おおかみ」は、もちろんニホンオオカミではない。詩句に下敷きらしき物語があるとしても、グリム童話以外に私はなにも思いつかなかったし、真面目に調べようともしなかった。フランスの狼は、一九三〇年代にほぼ姿を消したとされていたが、九〇年代になって、伊仏国境に近い国立公園で二頭発見されている。ルーシェがこの詩を書いたのは、大戦前に国内で彼らの存在を認識できた、ぎりぎりの時期だったことになる。過去の著名な逸話としては、一八世紀、現在の南仏ロゼール県にあたる地方で多くの人間を襲った、巨大な狼を思わせる謎の生き物、いわゆるジェヴォーダンの獣の話がある。ルーシェの小さな言葉の檻《おり》のなかでそんな怪物が飼育できるとは考えにくいけれど、彼の本棚にあった可能性の高いヴィクトル・ユゴーの『お爺《じい》さんになる方法』の、植物園附属の動物園を舞台にした詩に「狼たちに飾られた、この甘やかな天国」という詩行があったことを、また、ヴァデル氏の家を訪ねたとき、古い写真のなかで民芸品のようなふいごを見たことを思い出す。あのごつい蛇腹にならい、狼の革を使うことがあったかもしれない。桜の花の下で恩人を前にしている自分の心の動きが、かつて老ヴァデル夫妻と過ごしたときのそれに似ていることに気づいて私は胸を衝《つ》かれた。自分より若い特定のだれかを急に迎えたくなったりするのは、要するにもう別れの準備に入っている証拠ではないか。みなで片付けを終え、恩人をまたひとり残して帰途についたときの目のうるみは、花粉症だけが原因ではなかった気がする。

花見から数日後、私は老医師に命じられた小さなラボへMRI検査に出かけた。待合室はがらんとしていて機材の音も聞こえない。言われるまま得体の知れない獣の胃袋のような筒のなかに頭を突っ込み、じっと動かずにいること十数分、狼に食われた仔山羊となって検査を済ませ、画像が老医師のもとへ送られるまでの日数を計算して予約しておいた日に、ふたたびクリニックに出かけた。老医師はパソコン画面に写真を何枚もならべ、鼻そのものは、大丈夫ですね、とくに目立った濁りもありません、ただ歯茎のうえに直径一センチ大の、ギノウホウがあります、と告げた。偽嚢胞《ぎのうほう》と書くらしい。ボールペンで指された箇所に、なるほど大きな細胞のような、楕円形《だえんけい》の袋が浮きあがっている。私は少し身構えた。なに、心配はいりませんよ、悪いものじゃない、気になるなら、年に一回くらい様子見の検査をするといいでしょう。

自分の身体のなかに、「もし然せば、嚢はりさけ」るような新約聖書の小袋が埋まっていることに、私は新鮮な驚きを感じた。中に、なにが入っているんでしょうか。液体です、と老医師は言う。血液ですか、それとも漿液《しょうえき》みたいなものですか。さあ、穴を開けて抜いてみないとわからないね。嚢とは袋である。ルーシェの、「おおかみの腹の皮で作/られた柔らかい袋」とは、なにを入れようとも実体があって実体のない、偽りの、つまりは言葉の偽嚢胞のようなものだと解釈しておくのがちょうどいいかもしれない。老医師がもごもごと看護師を呼んだ。ネブライザー、二分。はい、じゃあ、こちらへどうぞ。彼女は明るい声で、深海魚の黒々とした瞳を向けながら私を別室に誘《いざな》う。前回とおなじく、三台のうちの真ん中に陣取って、仔山羊の脚みたいな吸入器の二叉《ふたまた》を鼻孔に近付ける。鼻から垂れる液体を拭き取らず、偽の革袋に流し込むことができたらどんなに楽なことか。私はおおかみではない。狼でもない。山羊を襲って食べたりもしない。狼藉、狼狽、狼疾とは無縁の男だ。白い霧がぷしゅうぷしゅうと狼煙《のろし》のようにあがって顔面を覆いはじめる。それが目に沁みて、涙が出る。ティッシュで拭うと液体は無色透明だ。眼の葡萄酒には、なんの匂《にお》いもない。

五《ご》右《え》衛門《もん》の火

動物を育てるのは、たしかに生活環境かもしれませんねと、久しぶりの手紙のなかでダニエルは書いていた。いつか会計士の資格試験にかかわる古い資料を送ってくれたときとおなじようにしっかり梱包《こんぽう》された包みが、同時に送り出された手紙よりもなぜか先に届いていたので、私は彼女が教会前広場の朝市で見つけてくれた古新聞や雑誌の束をすでに何度も手に取って眺めていたのだが、薄い航空便用箋《ようせん》に書かれた紫色のボールペンの文字をたどっていっても、生活環境という言葉がなにに対応しているのかすぐに察することができなかった。ようやく話の環《わ》を結ぶことができたのは、封筒に入っている絵はがきの、巨大なお菓子の箱みたいなホテルが写っているものを見てくださいという一文を読んでからのことである。

アンドレ・ルーシェをめぐる、先々の展開があまり期待できそうにない私の夢につきあっているうち、ダニエルはときどき、探すのではなく急に思い出したとでもいうように、こうして古い紙類を送ってくれるようになっていた。知り合ってから、もう十数年になる。秋のはじめのとある日曜日、蜂蜜たっぷりのパン・デピスとやわらかいチーズ、それに青菜を手土産にヴァデル氏のもとを訪ねた折、その南仏の山の中腹にあるグランド・ホテルの絵はがきを見せたところ、第一次世界大戦の頃に父親がまさしくその近くに泊まったことがあって、子ども時分によく話を聞かされたものだと氏はめずらしく昂揚《こうよう》し、ダニエルが淹《い》れた紅茶と眼の前にひろげた好物の菓子パンに手も付けず、窓の陽がかげるまで、ながい沈黙と迂《う》路《ろ》を挟んで、彼の父親の思い出話を聞かせてくれたという。いつかの手紙で、古い知人モニエ氏との、思春期を取り戻すかのような交流のおかげでずいぶん元気になったと知らされていたのだが、残念ながらヴァデル氏ではなくその古くて新しい話し相手の健康状態がすぐれず、定期的に会うことがままならなくなった。ダニエルは隣の市に住んでいるし、記憶をなくした母の面倒も見ているため、ヴァデル氏の様子をうかがいに来られるのはせいぜい週に一度である。ひとりの時間が増えて退屈していたのはまちがいないけれど、それを差し引いても、絵はがきを見たときの反応はすばやかった。ダニエルの言葉を借りれば、なにかが、忘れていた胸のなかの一点に、鋭く深く突き刺さったようだった。

農作業で鞣《なめ》されたヴァデル氏の厚い皮膚と、大きな眼に覆《おお》いかぶさってくるあの独特のまぶたの動きを思い出しながら、ダニエルの指示どおり、ピレネー山脈の麓《ふもと》の小さな市の名とグランド・ホテルのキャプションが刻まれた、切手は貼られていないけれど鉛筆書きの文面がうっすらと残されているモノクロの絵はがきを手に取る。四階建てで、最上階の屋根に採光用のドーマーが飛び出していた。これがもし屋根裏部屋だけのものだとしたら、実質的には五階建てということになるだろう。ファサードの両端と中央部がわずかに迫《せ》り出し、それがはっきりとしたアクセントをつくっている。左右対称で、中央の張り出し部の右と左にそれぞれ横四つ、縦四つの開口部があり、側面も似た構造になっているらしく、中央の突起の左右に二列ずつ窓が設けられていた。壁面が少ない、格子《こうし》状の銃眼ばかりがならぶ城砦《じょうさい》のような直方体だ。ホテルの前には、夏場のパーティにでも使うのだろうか、ややいびつな円形の芝地があり、建物に近いほうに数台、入口からいちばん遠いところにひとつベンチが置かれている。この手の絵はがきの多くがそうであるように人間の姿はまったく写っていないので、休業中の、もしくは廃業したホテルだと言われても即座に否定できない。さみしげで、しかも威圧感があって、四角いくせに全体としては妙に据わりの悪い建物だ。左下のクレジットにわざわざ標高五〇〇メートルと記してあるくらいだから、眺望はいいのだろう。裏手の様子はわからないけれど、建物のどこからでも景色が楽しめるよう、あえて窓を多く設けたのかもしれない。

ヴァデル氏の父親は、地元ではかなり大きな酪農家だった。泊まりがけの旅行に出かけることなどめったになかった仕事一筋の男が、縁もゆかりもない、しかもグランド・ホテルのあるリゾート地の近くになぜ出向くことになったのかといえば、西南部域の家畜品評会で、愛する雌牛のガブリエーラが第一等を獲得し、その御褒《ごほう》美《び》として、ピレネー地方の著名な酪農家のところへ遊興をかねた視察旅行に招かれたからである。毎年挑戦してきた品評会ではじめての栄誉をもたらしてくれたガブリエーラに、もっと涼しい高所で夏を過ごさせ、もっと良質の草を食べさせ、もっとよい水を飲ませてやりたい、ひいては彼女の質をもう一段階上の次元に高めて、全国レベルの大会で優勝させたい。そんな愛情と打算の双方に応《こた》えるべく家畜振興会と商工会議所のお歴々がつてをたどって話をつけてくれたのが、過去に何度も品評会で好成績を収めてきた、そのホテルに近い牧場主だった。大切な雌牛にもしものことがあったらと案ずることもなく、ヴァデル氏の父親は、自分の妻や子どもよりもガブリエーラの方を愛しているのではないかと疑いたくなるほどの入れ込みようで、その招きを大喜びで受けた。

グランド・ホテルのある市はとても小さく、当時の人口は標高と大差なかった。湯治客のいるシーズンを除けば、ほとんど人の影もなかったのではないか。ガブリエーラの保養先は、その菓子箱もどきの偉容の一部が木々のあいだに透かし見える丘の中腹にあって、幌《ほろ》付《つ》きの貨車を借りて最寄り駅まで運べば、あとは受け入れ先がトラックを出してくれる手はずになっていた。ただし息子を喜ばせ、妻を辟易《へきえき》させつつ笑わせたのは滞在先での体験談ではなく、道中の物語のほうだった。駅で割り当てられた幌付き貨車にガブリエーラを乗せようとしたところ、先客がいたのである。

なにが乗っていたか当ててごらん。ヴァデルさんはやさしい眼で問いかけました、とダニエルの報告はつづいている。でも答えるより先に、わたしはその輝きと表情のせいで、言葉を失ってしまったのです。それはマリアンヌさんと話しているときの眼でした。奥様にしか見せない、やわらかい笑みを含んだ顔だったのです。三人でお茶を飲んで話をするとき、わたしはおふたりが顔を見合わせて口を開く、その前後の空気の変化がとても好きでした。そして、ヴァデルさんの瞳の色に、自分の母親がそれまでとちがった顔でこちらを見ていることに気づいた瞬間の動揺を思いだしたのです。嬉しさと怖さがない交ぜになった、なんとも言えない気分でした。

彼女はそれでも、思いつくものをひとつずつ挙げていった。雄牛。いいや、とヴァデル氏は即座に否定する。馬。ちがうね。犬。それもちがう。豚。残念、ではヒントをあげよう、生きものじゃない。そう聞いて彼女は黙り込み、途中でお茶を淹れるというあからさまな時間稼ぎまでして知恵をしぼった。もちろん、最終的にはヴァデル氏に正解を言わせるつもりで。馬鈴薯《ばれいしょ》。いいや。ワイン樽。いいや。洗濯物。なかなか当たらないぞ。言いたくてたまらないらしいその眼に、また軽い記憶の揺り戻しがある。彼女は先をうながした。もう教えてください、そこになにがあったんですか。ヴァデル氏はゆっくりと口を動かした。ピアノだよ。ダニエルは思わず聞き返した。ピアノだ、ぼろぼろと弾くやつだ、大きなのじゃない、毛布を巻いた平たいタンスみたいなのが乗っていた、でも茶色くてつやつやした脚と横腹が見えたからわかったんだ、そうか、生きものじゃないというさっきのヒントは撤回しよう、生きものはたしかにいた、さあ、今度はそれを当ててごらん。ダニエルは、もういいじゃないですかと答えを求めた。

家畜品評会第一等のすばらしい雌牛が借り切ったはずの貨車に乗っていた生きものとはピアノの販売員で、運搬と調律の担当者だった。男はヴァデル氏の父親が雌牛に傾けるのと同等の愛を、毛布を巻きつけられてうずくまりもしないその楽器に注いでいた。しかし驚きの度合いは、相手のほうがはるかに大きかったのではないだろうか。貨車だからなにか同載の荷があることは覚悟していたとしても、まさか牛が乗り込んでくるとは夢にも思わなかったはずである。事実、男は飛び退《の》くほどびっくりした様子だったと、ヴァデル氏はまるで自分の体験であるかのように生き生きと語った。氏の父親はいったん降りて車掌を呼び、これはなにかの手ちがいだと申し立てたが、貸し切り予約の記載はないし、時節柄貨車じたいも足りない、おまけにもう発車までに時間もなかった。不服があるなら降りてくれと言われて、ヴァデル氏の父親はしぶしぶ引き下がった。

ピアノは河口に近い市の営業所から運ばれて来たレンタル品で、グランド・ホテルの長期滞在客のスイートルーム用に調整したものだった。運送はふたりで請け負うので相棒がもうひとりいるのだが、そちらは雇い主の遠縁の者だから客車に乗っている。ヴァデル氏の父も、問われるまま、この美しい毛並みの、大変に物わかりのよい雌牛が家畜品評会で一等賞をとった孝行娘であること、これまで以上によい乳を出させるため、しばらくのあいだそのホテルの近くの優秀な先達のもとで研修にはげむ予定であることを話した。ふたりは意気投合し、ときどきガブリエーラが藁《わら》のうえに洩《も》らす糞尿《ふんにょう》にめげることもなく、ヴァデル氏が持参したパンとチーズ、そして赤ワインを揺れ動く床に座って仲よく食べ、飲み、笑い、あることないこと語りあった。酒の入った販売員はどんどん陽気になり、巻いてあった毛布を剝《は》がすと、ロープでずれないよう固定されてはいるものの縦揺れ横揺れのある厳しい状況下でピアノの前の椅子に腰を下ろし、流行《はや》りの曲をいくつも弾いてくれた。

あんたは《パリの橋の下》という曲を知ってるかね、とヴァデル氏はダニエルに問うた。知ってますとも、母が、むかしよく口ずさんでました、部屋が借りられないから橋の下でっていう、貧しい恋人たちの歌ですよね。そう、戦時中に流行したんだ、親父は一度だけ、パリにのぼったことがあると言っていたよ、旅行ではなくだれかのお付きの役だったそうだがね。

ダニエルの手紙は、ふたりの会話としてはっきり記憶にある部分はそのまま写しとり、あとは箇条書きになっている。そして、ヴァデル氏の言葉と彼女自身の思いを、以前とおなじ、異なる色のインクで書き分けていた。あとは彼らの話し言葉をその流れに沿って編集し、私の言葉で語り直せばいいわけである。品評会のための遠出を経験済みのガブリエーラは、汽車の音にもピアノの音にも動じることなく、上機嫌に尻尾を振っていた。販売員の演奏のなかで、ガブリエーラがことのほか喜んでいるように見えたのは、《噴水》である。愛娘《まなむすめ》の表情やしぐさなら、どんな小さな変化も見逃さないヴァデル氏の父親は、すかさずその曲名をたずねた。この子は音楽をよくわかってますね、きっと立派な乳を出してくれますよ。にわかピアニストはそう笑顔で請け合った。

ヴァデルさんのお父様は曲名だけ覚えていて、作曲者のことは忘れてしまったそうです、とダニエルの言葉はつづいていた。当時はまだ蓄音機が普及していなかったので、レコードを買おうなんて発想もありませんでした、だから街中の人に、ガブリエーラの愛したその曲を知っているかと聞いてまわったんです、でも、だれも答えられませんでした、なにかの聞きまちがいだろうと笑われるばかりで、そんなに気になるなら、弾いてくれた男に頼んでもう一回演奏してもらえばいいと冗談混じりに言われたこともあったそうです、お父様はそこで例のピアノ販売店に連絡をとってみたのです、すると、客車の方に乗っていた相棒らしき人物から、あの販売員はつぎの搬送作業で事故に遭い、指を痛めて仕事ができなくなったため、南仏の郷里に帰したと教えられたのでした、ガブリエーラはその後、たしかにより甘く濃厚な乳を出すようになったのですが、車中のピアノ演奏の効果があったかどうかは怪しいです、たぶん、転地がよかったのでしょう、動物を育てるのは、たしかに生活環境かもしれませんね。

　ガブリエーラは牧場に一カ月滞在した。ヴァデル氏の父は、最初の一週間をともに過ごし、牧場主の仕事を手伝いながら多くを学んだ。敷地の端にある岩山にのぼると、あのお菓子箱のグランド・ホテルの上部が見えた。いっしょに乗ってきたピアノはどの部屋に置かれたのだろうと気になって、ときどきそこからホテルを眺めていたそうだ。貨車の演奏会で耳にしたメロディを覚えていたわけではないし、ガブリエーラに問うたところで人の言葉を話してくれるわけでもない。ピアノで演奏される《噴水》はその後も謎のままだった。ずっとのち、第二次大戦が終わったあとに蓄音機を買って、《噴水》と題された曲のレコードを取り寄せたのだが、聴かせてやるべきガブリエーラはとうに亡く、その子孫たちには大した効果が見られなかった。

ダニエルから送られてきたグランド・ホテルの絵はがきには、一九一五という数字とともに、ご家族のご多幸をお祈りしますと新年の挨拶が記されていた。これを封筒に入れて送ったのだろう。第一次大戦中だとの話が事実なら、ヴァデル氏の父とその愛娘ガブリエーラが幌付き貨車のなかで耳にした《噴水》はドビュッシーの作品である可能性が高い。しかし、南仏の出だったという販売員の訛《なま》りのせいで、jeux d'eau を jet d'eau と聞き違えたと考えられなくもない。とすれば、それは《噴水》ではなく《水の戯《たわむ》れ》となって、ドビュッシーからラヴェルにすり替わってしまう。いずれにせよ、人が転地であたらしい力を得るように、ガブリエーラは音の水の戯れというより、良質な高地の水のおかげで体の細胞をきれいにしたのである。

全国レベルの品評会で賞を獲得することはなかったけれど、そのかわり、同業者も近隣の者も彼女の乳のこくと甘味が増したと口を揃《そろ》えて賞賛してくれた。

そればかりではありません、とダニエルは書いていた。ヴァデルさんのお父様は山中の牧場主から、その後の経営の柱となる重要なヒントを頂戴《ちょうだい》したのです、もちろん、それも当ててみなさいと言われました、ガブリエーラの出すミルクの味が変わったのは、じつはこちらの影響だったんです、なんだかわかりますか。

わかるはずはなかった。ヴァデル氏の問いの答えは、べつの絵はがきのなかに隠されていた。ヴァデル氏の絵はがきがヴァデル氏の過去と交錯したのは、まったくの偶然である。グランド・ホテルの絵はがきはブルターニュ地方のもので、ヴァデル氏の話を聞いた翌週、朝市で馴染《なじ》みになった業者にダニエル自身が頼んで探してもらったものだった。比較的新しい、その色刷りの一枚を表に向けてみた。浅い海に何艘《そう》か船が停泊している。奥にひろがっているのは夕暮れの空だろうか。波打ち際《ぎわ》で馬が荷車を引いている。浜の方に頭を向けた馬の四肢がすべて海の水に浸《つ》かっているので、積んでいる荷はそのすぐうしろに停めてある小舟から下ろしたものにちがいない。荷の正体は、海藻だった。

ルーシェが一九三八年九月の消印でナタリー・ドゥパルドン嬢に送った詩をはじめて読んだとき、少しだけ頭をよぎったのは、ウィリアム・メインの『砂』のような世界だった。砂丘に埋もれた化石。あの「巨大草食獣」の一語を、彼の家から数十キロ南西に位置する湾に面した標高一〇〇メートル近い巨大砂丘や、しばしば打ち上げられる座礁鯨《ざしょうくじら》に結びつけて探ろうとしたことがあるとはいえ、これは私の夢想のなかで戦車になったり本物の恐竜になったり、いまだ落ち着かない情景のひとつだ。

遠い隣人に差し出す穫《と》れ
たての林檎《りんご》。の芯《しん》に宿る
シードルのコルク栓。固
く身をよじる円筒の縞《しま》に
流れる息、吐く吐かない
吐く息を吸わない吸う息
を吐かないきみの、太古

の風。巨大草食獣の浴び
た風がいまも吹く丘の麓
にいまもなお吹き過ぎる

前半部とのつながりがぼやけるのを覚悟のうえで、たしかにこの丘を砂丘と解するのも悪くない。ひとつひとつは頼りない砂粒が山をなしてマッスとなり、薄明のなかでそのシルエットが巨大な恐竜になる。深い淵《ふち》に落ち込んだ太古の魚の記憶が消えずに残るなら、埋もれて砂と一体化した生きものの記憶が骨のかたちで残ってもおかしくはないだろう。絵はがきではない唯一の媒体である「C市商工会議所季報・港湾事業部報告別刷　一九三五年」にあったあの名宛人のない詩篇の冒頭を思い出す。あそこにもまた、砂混じりの風が吹いてはいなかっただろうか。

海に向けられた四角い
銃眼の先に浮かぶ船の
荷を降ろす異人たちの

靴底には廃馬から奪い
とった蹄鉄《ていてつ》が。履いた
ままおまえはどこを走
る吐いたままどこに沈
む掃いたままどこに流
す、彼女の胸のうちの
屑《くず》を。輝く光の塵埃《じんあい》を

絵はがきをもう一度眺める。馬は現に働いているのだから廃馬ではないし、カメラのレンズを除けば銃眼などどこにもない。それでもこの、どことなくうら悲しい空気の漂う光景には、ルーシェの言葉の、想像力の海辺性とでも呼ぶべきなにかと響き合うところがある。ヴァデル氏はルーシェの息子のスケッチにつきあってしばしば山に入り、その経験は抗独運動に活《い》かされていった。しかしルーシェ自身がいったいどんな思春期を送ったのかはいまもって不明なのだ。ダニエルが母親から聞いているのは、祖父がC市の近くの小都市で生まれた、当時としてはめずらしいひとりっ子であったというくらいのことである。彼が戦線で心身ともに限界に近づいて行くのは、ヴァデル氏の父親がまだのんびりと汽車で雌牛を運び得た一九一五年よりあと、少なくとも一六年のヴェルダンの戦い以後のことだと推察される。会計検査官の資格は近隣で最も大きなB市で得たと考えられるから、砂丘のある南西部の海岸には親しんでいたにちがいないし、吐く息が砂塵を舞わせる海風と同化する夢を見ても不自然ではないだろう。砂があちこちに飛び、隙間《すきま》という隙間に入り込む。汗をかいた肌に貼りつき、食器棚の皿にも、ベッドの枕元にも、浴槽にも薄い茶色の膜が張る。砂のうえの家はどんどん砂に沈み、雪かきとおなじように玄関前の砂をどけなければ出入りさえままならない。そんなところで息を吸い、息を吐いていた少年が、長じてひっそり詩を書きはじめたとしたらどうなるか。

ルーシェの肖像写真を発掘してくれた古道具屋が小冊子を譲ってくれたときから、会計検査官としての仕事と商工会議所になにか接点があってもおかしくはないと私は考えていた。連想の根拠は、一九三五年という年にある。B市には海藻の匂《にお》いではなく文学の香りがあった。若い無名の詩人ジャン・ケロールが、はじめての作品集『それは海ではない』を刊行し、B市商工会議所の図書室に職を得たのがこの年だったのだ。ケロールはのち、この都市を中心とする抗独組織に加わり、四二年、密告によって逮捕された。婚約者の懸命な抗議によって銃殺刑はまぬかれたものの、すでに述べたとおりマウトハウゼン収容所に送られ、三年間の夜と霧を体験している。ケロールが奇跡的に生還してくれたおかげで、私はあの古書店で何冊もの小説を仕入れることができたのだ。彼が運動にかかわったのは、主義主張という以上に人間関係によるところが大きかったと、ミシェル・パトーは『ジャン・ケロール詩のなかの人生』と題する評伝のなかで記している。私もその見解に従いたいのだが、上記の別刷をふくむ古い紙類を、ルーシェが会計検査官として働いていた市の商工会議所で「ながいこと指導的な地位にあった」人物の遺族の放出品から発掘したという古道具屋の言葉を信じるなら、ルーシェとケロールをつなぐ糸を抗独運動の枠内で探ることだってできたかもしれない。もっとも、当時地中海沿岸の都市に根を下ろしていた有力な文芸誌の寄稿者のなかに、ルーシェの名も彼の作風を思わせる書き手もいないことは、確認済みの事項だった。

当然ですが、あの頃の肥料は、みな手近にある自然から得たものでした、とダニエルの報告はつづいている。化学肥料などはまだありませんから、牛や馬や鶏の糞で育てた飼料をまた家畜に食べさせるのです、循環と連鎖はごくふつうのことでした、ヴァデルさんのお父様が、ガブリエーラのおかげで教えられたのは、ミネラルの豊富な海藻を飼料に混ぜることだったのです、わざわざブルターニュくんだりからピレネー山脈が見えるような場所まで海藻を運んで牛たちの餌《えさ》に入れるなんて、親父は想像もしなかっただろうと、ヴァデルさんは笑いました、蒸し焼きにした海藻灰にはカリウム塩やヨウ化物が豊富に含まれ、よい肥料にもなるのだそうです。

読みやすい彼女の文字のなかに海藻という単語があらわれた瞬間、私はいきなり、あの貨車のなかでガブリエーラが歓喜したという《噴水》を生で浴びたような気がした。ブルターニュ地方の沿岸部や岩場に繁茂する海藻のことを、男性名詞でgoémonと言う。片仮名表記にすればゴエモンだ。仔牛の耳の穴から緑色の草がぴょこんと飛び出し、それが岩場の窪《くぼ》みから出ているゴエモンのように見えて魅力的だという、ジャック・プレヴェールの詩で覚えた単語である。こんなふうに牛と海藻をつなげてくれた詩人がかつていて、その作品を若い日に読み、あたりまえのように「五右衛門」と変換して覚えていたにもかかわらず、しかもヴァデル氏の父親と雌牛のガブリエーラの冒険と言ってもいい家畜品評会のための高地合宿の模様を細かく報告してもらっているにもかかわらず、私は海藻の一語を思い出しもしなかった。

五右衛門と言えば鉄の風呂《ふろ》。煮え滾《たぎ》る湯につかるあの定番の図が幼い記憶に刷り込まれたのはいつからだろう。盗賊の首長に仔牛の耳から草が飛び出す愛らしさはこれっぽっちもない。熱湯に沈んだ五右衛門の耳から飛び出すものがあるとしたら、海藻灰をつくるときの蒸気か炎のほうだ。「……船の／荷を降ろす異人たちの／靴底には廃馬から奪い／とった蹄鉄が」まるで藻のようにからみつく。太古の巨大草食獣がゴエモンを食べていたかどうかはだれにもわからない。ヴァデル氏の父親が愛したガブリエーラをはじめ、牧場の牛たちは比較的長生きをした。大量の藻を食べていたおかげで、内陸部の牛たちに多く見られる甲状腺腫《こうじょうせんしゅ》にもならずにすんだのだ。目に見えないとびきり危険なものが空に飛び散っていたとしても、彼らは五右衛門が海から盗み取ってきたヨウ素に吸着させて、きれいに排出できたことだろう。

親愛なる友、言わずにおこうと思いましたが、海藻は隠せても、やはり言葉は隠せません、とダニエルは手紙を締めくくっていた。午後のお喋りのあいだ、たった一度だけですが、ヴァデルさんはわたしのことを、マリアンヌと呼んだのです、こちらをまっすぐに見て、はっきりそう呼んだのです、白く濁りの出はじめた褐色の瞳のなかで黄色い火が立って、それからすっと消えました……。ダニエルがなにを言おうとしているのかは理解できた。もう時間がない。不在の詩人の記憶を掘り起こすより先に、まだ命のある人に対してやるべきことがある。業火《ごうか》にさらされるとはこういう気持ちなのだろうか。安土《あづち》桃山時代のあの盗賊が、子どもといっしょに釜《かま》のなかに放り込まれたとき、小さな命が失われないようずっと両腕で持ち上げていたという口碑を私は信じる。そんなふうにして守らなければならないものが、この世にはあるのだ。また手紙を書こう、ヴァデル氏に。ひとことでもふたことでも、大きな、わかりやすい、「遠い隣人に差し出す穫れ／たての林檎」のような文字で気持ちを伝えよう。彼の瞳の色が変わり、言葉が滾るお湯に落ちてしまう前に。海藻を食べ、ゴエモンを焼いて心の肥料をつくろう。貧しい言葉のうえに、ほんのわずかでもあの海藻灰を、「輝く光の塵埃」を撒《ま》くことができるように。

解説　矩形《くけい》の時間

松浦寿輝

独創的な趣向、端正きわまりない文章、静謐《せいひつ》な興奮を喚《よ》ぶ読後感。豊かで美しい小説である。

日本人の「私」がフランスの古物市でたまたま手に入れた一枚の古い絵葉書は、アンドレ・Lという男がナタリー・ドゥパルドンという女に宛《あ》てて出したものだった。消印は一九三八年六月十五日で、「私」がそれを入手した時点ですでに半世紀以上の時間が流れている。そこには不可思議な散文詩のごときものが書きつけられているだけで、その文面からは差出人についても名宛人《なあてにん》についても、また二人の関係についても、一見したところ何の手掛かりも得られない。しかしその呪文《じゅもん》のような「ぴったり十行に収まる詩篇」に魅了された「私」は、アンドレ・Lとは誰でどういう人生をおくったのか、その絵葉書のおもて面の、「艶《つや》なしの墨一色で刷られた写真」に撮られた変哲もない建物は何でありどこにあるのか、好奇心に駆られるまま気の長い探索を開始する。

本書『その姿の消し方』はこの探索の物語だと一応は言える。「私」は長い間隔を置いて幾度かフランス滞在を重ね、そのうちに少しずつ情報が集まって、パズルの欠けたピースは一つまた一つと埋まってゆく。Lはルーシェの頭文字であること、アンドレ・ルーシェはフランス西南部のある町で会計検査官をしていたこと、絵葉書の写真に写っていたのはその隣町にあった彼の住居であったこと、彼は第一次世界大戦に応召して足に負傷し、第二次世界大戦のときには対独レジスタンス活動に関わっていた気配があること。

その間、どの文学辞典にも名が出ていない詩人ルーシェの作品も、まるで運命の神がそう望んだかのように、「私」の手元に次々に集まってくる。四枚の絵葉書に書きつけられた四つの詩篇、それに加えて、ある行政上の小冊子の余白に今やすっかり「私」に馴染《なじ》み深いものとなった書体で書きつけられたさらなる一篇。ついにはルーシェその人の肖像写真まで「私」は入手するに至る。「頬のややこけた、水分の足りない瓜のような男の顔がそこにあった」。

探索の物語はそれ自体、スリリングな興趣に溢《あふ》れている。そもそもの出発点となった絵葉書との出会いがすでにそうだったような、一見取るに足りない、しかし後に意外に重要な帰結をはらむことになる小さな偶然の数々。ルーシェの孫娘、ルーシェの長男の遊び友達だったという老人、ルーシェに関する資料を携えそれを「私」に売りつけようと現われたやや胡散臭《うさんくさ》い古道具屋、「私」が滞在していたパリの安ホテルのアルジェリア人のフロント係とその係累《けいるい》たち、そこに加わったコンゴ人の盲目の外交官、等々、探索の途上で「私」が遭遇する、簡潔ながら狂いのないスケッチで描き出された人々の鮮烈な肖像。さらにはサルトル、ピランデッロ、ユゴー、ケロール、ウィリアム・メイン（あの懐《なつ》かしい『砂』！）などをめぐる文学的記憶が喚び出されて探索の旅の細部に溶けこみ、史実と虚構のはざまを曖昧《あいまい》に流動する物語世界のリアリティの豊饒化《ほうじょうか》に貢献する。

しかし、『その姿の消し方』の真の主題は、こうした探索それ自体というよりもむしろ、その過程を通じて浮かび上がってくる「時間」の重さ、そして生にとってそれがどれほど貴重かという事実の発見の方だろう。アンドレ・ルーシェとは誰だったのか。探索の果てにそれはある程度判明するが、ただし表題に、もっと具体的にはその表題を冠した章に示されているように、ルーシェはナチス占領下のフランスでの抗独運動の地下活動家にふさわしく「姿の消し方」に長《た》けた男であったようで、彼の「姿」は書物の終わりまで来ても依然として模糊《もこ》としたままだ。詩が送られた（贈られた?)名宛人の女の正体も結局は突き止められない。そして「私」はそのことを大して不満には思っていないようだ。「……自分がアンドレ・ルーシェの『詩』の力に引っ張られているのか、こんなふうに姿を隠しながら彼が示しつづける不在の根に共感を覚えているだけなのか、だんだんわからなくなってくる」。

実際、「姿の消し方」と言えば「私」の方もまたその技倆《ぎりょう》はなかなかのものだ。物語の全篇を終始衝《つ》き動かしているモーターは、フランスの無名詩人の詩に取り憑《つ》かれた「私」の偏執であるにもかかわらず、その当の「私」については本書中に、その職業も家族も生い立ちも外見もまったく語られていない。もちろん、幾つかの指標から「私」は著者の堀江氏自身を髣髴《ほうふつ》とさせずにはいないが、その類似も実は、現実とフィクションとの間の境界をわざと攪乱《かくらん》させて楽しんでいる堀江氏の、思わせぶりの遊びであるように見えてくる。

探索される対象も探索する主体も「不在」のまま、むしろその「不在の根」への執着によってこそ成立可能となっているとさえ見えるこの物語《レシ》。そこにおいて最終的になまなましい存在感を示すのは、結局、「時間」――ルーシェの、「私」の、ここに登場するすべての人々の生の「時間」、しかし最終的にはあらゆる固有名を逸脱する、幾つもの大きな戦乱を経なければならなかった二〇世紀の歴史の「時間」なのである。

事実、長篇小説（ノヴェルあるいはロマン）と呼ぶにはややヴォリュームが乏しいと見える一冊なのに（だからそれをわたしはレシと呼んでみた）、ここに充填《じゅうてん》された「時間」の密度の高さはただごとではない。

たとえば極めつきのロマンであるプルーストの大長篇が読者にもたらしてくれるのも、これに似た体験であることは周知の通りだ。そこでは「失われた時間の探索《ルシェルシュ》」が試みられ、それが完遂され、「時間」がついに発見される。プルーストにおいてそれが可能となったのは何よりもまず三千ページを越える分量にまで蓄積された途方もない言葉の厚みによってであろう。では、たった二百ページのレシにすぎない本書において、発見された「時間」の密度を担保しているものはいったい何なのか。

それこそまさに、先の引用文中にあった「アンドレ・ルーシェの『詩』の力」にほかなるまい。一行十一字（小冊子の余白に書かれた「海に向けられた四角い……」のみ一行十字）×十行の、律儀《りちぎ》な矩形の形に訳出された（ということになっている）五篇の詩は、明白な意味の繋《つな》がりが寸断された「難解」な「現代詩」だが、意味の寸断は、読者の意識のうちに、それに触発された重層的な解釈や連想の広がりと、自在な想像力の充溢《じゅういつ》と飛翔《ひしょう》の余地を残す。「私」がルーシェの詩と付き合いつづけた長い歳月の経過の中で、無＝意味のただなかに凍りついていたかに見えた晦渋《かいじゅう》で秘教的な詩語は、ゆっくりと溶け出して、多種多様な意味の相を開示し、さらにはそれぞれの人生の時点で「私」が体験する現実の深部にまで滲《し》み透《とお》ってゆく。この溶解、開示、滲《しん》出《しゅつ》の過程こそ、『その姿の消し方』がわたしたちにもたらしてくれる稠密《ちゅうみつ》きわまる「時間」体験の実体なのである。

これらの詩篇がかっきりとした矩形の形をとっているという点は重要であろう。矩形の切手を貼《は》った矩形の絵葉書、そこに書きつけられた矩形の詩、しかもその最初のものの第一行は「引き揚げられた木箱の夢」であり、最終行の最後の文字は「口」であり、絵葉書を引っくり返せばそこには「日本製の牛乳パックのよう」な武骨な四角い建物の写真が印刷されている。『その姿の消し方』は「矩形」の主題――そしてそれと林檎《りんご》、蕪《かぶ》、瞳《ひとみ》、蹄鉄《ていてつ》等の「円形」の主題との葛藤《かっとう》――によって統御された物語とわたしの眼には映る。この小説を読むとは、強張《こわば》った硬さ、揺るぎなさを誇示している矩形が、「時間」の経過のただなかで徐々に溶解してゆくゆるやかな過程を、身をもってくぐり抜けてゆくという官能的な体験にほかならない。これに似た読書体験を味わわせてくれるのは、現代文学には他にただ一冊、ナボコフの傑作『青白い炎』しかあるまい。

わたしたち読者の身体に求められているのは、矩形が言葉へ開かれてゆく過程のこのゆるやかさに習熟することだ。堀江敏幸は、急がない男である。たとえ時として「なにからなにまで後手にまわってしまうのだ」と自嘲《じちょう》的に嘆くことがあろうと（「始めなかったことを終えること」の章）、それを決定的な過失として本気で悔やんでいる気配は、どうも「私」にはないようではないか。

ルーシェの孫娘が丁寧に梱包《こんぽう》して送ってくれた、これもまた四角い小包を、入念な注意を払い慎重のうえにも慎重を期して開梱してゆく「私」の手つきをまねびつつ（「数えられない言葉」の章）、言葉一つ一つの重さ、色合い、香り、響き、味わいをいちいち確かめながら、後手後手に回るのを恐れず、ゆっくりと、じりじりと、「時間」をかけて進んでゆくこと。残りのページ数が少なくなるにつれて、読み終わってしまうのがもったいないと誰しも痛切に感じるに違いないこの稀有《けう》な小説の、それが唯一《ゆいいつ》の読みかたであろうかと思う。

（二〇一八年六月、作家）

この作品は平成二十八年一月新潮社より刊行された。

その姿《すがた》の消《け》し方《かた》

新潮文庫　ほ－16－7

平成三十年八月一日発行

著者　堀《ほり》江《え》敏《とし》幸《ゆき》

発行者　佐藤隆信

発行所　株式会社新潮社

郵便番号　一六二―八七一一
東京都新宿区矢来町七一
電話　編集部(〇三)三二六六―五四四〇
読者係(〇三)三二六六―五一一一
http://www.shinchosha.co.jp

価格はカバーに表示してあります。

乱丁・落丁本は、ご面倒ですが小社読者係宛ご送付ください。送料小社負担にてお取替えいたします。

印刷・株式会社精興社　製本・加藤製本株式会社

ISBN978-4-10-129477-3 C0193